チェーホフ、チェーホフ！

桜井郁子

Чехов, Чехов!

影書房

チェーホフ一家。1874年、後列左から2人目、チェーホフ

モスクワ邸の庭にて、親戚・友人と。
前列右、チェーホフ　　　　　1890年

学生時代のチェーホフ。1883年

チェーホフ(左)と弟ミハイル。
メーリホヴォ邸の離れ前で。
1895年

チェーホフ。1897年

チェーホフとトルストイ。1901年

チェーホフとオリガ・クニッペル。1901年

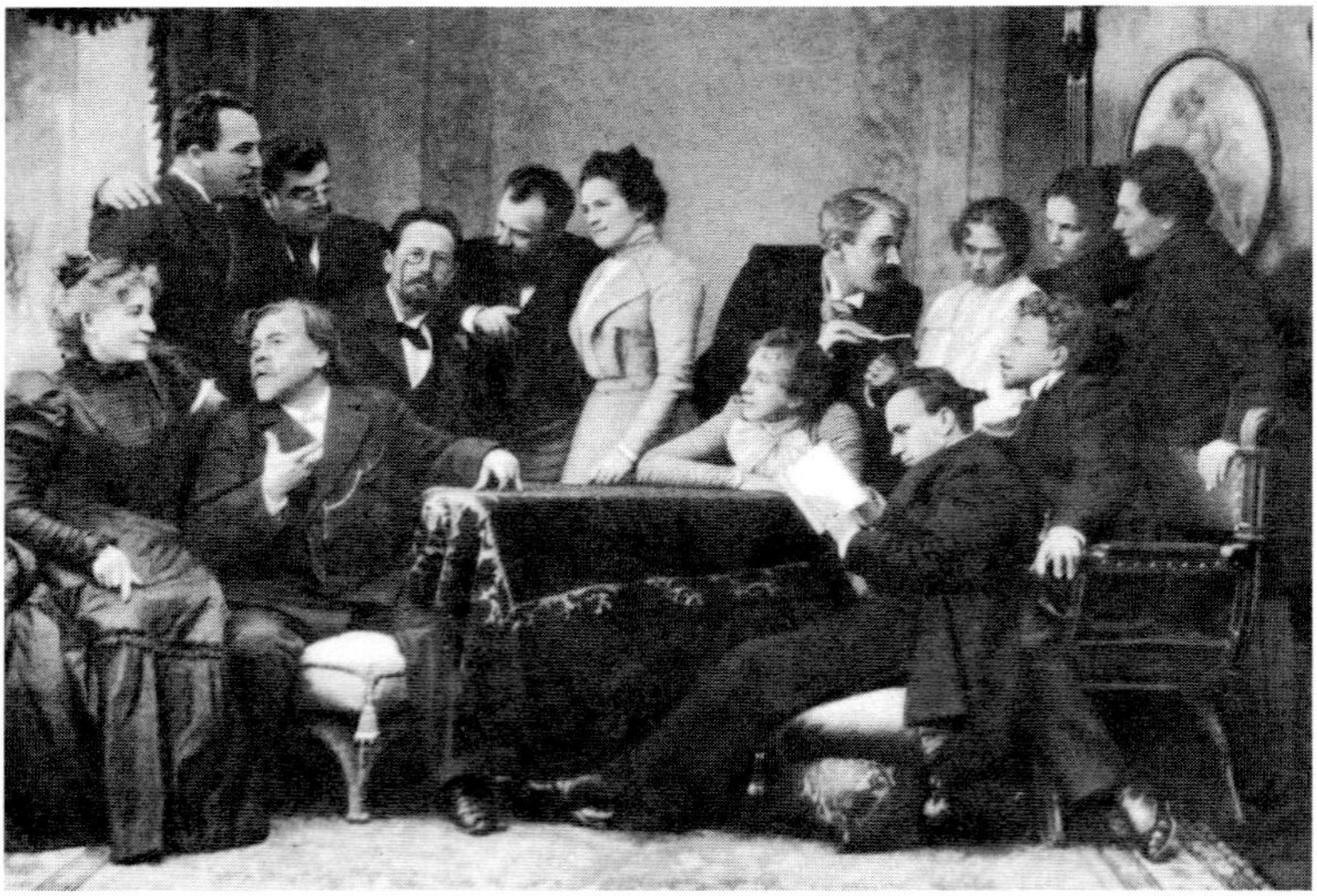

モスクワ芸術座の演出家・俳優たちとチェーホフ。1899年

『かもめ』ポスター。
モスクワ芸術座、1898年12月17日

チェーホフ自筆の鉛筆画「グルズフ」風景。1884年

ヤルタのチェーホフ邸。1900年

ヤルタ邸書斎にて、チェーホフ。1900年

メーリホヴォのチェーホフ邸。右後ろに離れ屋(『かもめ』執筆)が見える。

モスクワのチェーホフ邸。

チェーホフ。1899年

チェーホフ。1901年

チェーホフ、愛犬2匹と。1901年

まえがき

「チェーホフの生涯には、果たして熱烈な〈ロマンチック〉な盲目的な恋があっただろうか？思うに、ない。」とイワン・ブーニンが書いたのは、一九一四年のことだった。しかし一九五五年に出された『ブーニン全集』では、この文章が書き直されている。

「思うに、ない。」の後、「いや、あった。アヴィーロワへの愛が。」と続く。

この改変はブーニン夫人の〝注〟によると、一九三五年に出たペトロポリス社発行の全集の第10巻にある上の文章の「生涯にせめて一度でいい、真剣な恋はあっただろうか？　思うに、ない。」という部分に赤鉛筆で印をつけ、ブーニン自信の筆跡で、ページ下の余白に「いや、あった。アヴィーロワへの愛が。」と書き込まれていたためで、夫人の手で改変されたものと解される。

チェーホフの生涯における五百に余る作品には多くの愛についての物語がある。では作家自身の愛はどうであったのか？　ブーニンの叙述は私の関心をそそる。いや、私だけではない。多くの人がこのテーマに惹かれ、すでに書いている。今さら書くほどのことはないと言われれば、その通りということになるのだが……。アヴィーロワだけではない、多くの女性が作家チェーホフの身辺に見え隠れしていた。当然女性だけではない。多くの彼の友人・知人もそこに関わっていて、これを見渡すのは厄介な大仕事だ。だから、ここに私が書いたのはほんの道しるべに過ぎない。チェーホフに関わる友人・知人だけでも、重要な関わりをもつ多くの人々を登場させていない。例えば、A・S・スヴォーリン、ペテルブルグの大新聞社主で、作家、チェーホフの友人かつスポンサーでもあったこの人についてはほとんど触れていないし、先輩作家L・トルストイや、同輩作家のV・コロレンコにも触れていない。またチェーホフは女性作家、ないしはその卵たちの多くと交流しているし、それを彼の書簡集でも見ることはできるが、彼女たちの多くを登場させる余裕はなかった。書き足りないのは、一に自分の非力の故だが、タチヤーナ・シチェープキナ＝クペルニクの叙述を読むのは楽しかったと告白しておこう。

永く結婚をためらってきたチェーホフがオリガ・クニッペルと結ばれたのは、アヴィーロワとの訣別の後だったが、戯曲執筆への意欲がいよいよ強くなっていた作家が女優と結婚するのは、しごく当然のなりゆきだった。オリガは夫との別居生活に悩み苦しんでいたが、チェーホフも別離に悩みつつも、かえって彼女をなだめ励ましていた。チェーホフをそれぞれの仕方で愛するが故に、彼をはさんでの妹マーシャとオリガとの確執の深さは、彼には思い及ばぬところだったかもしれない。しかし、チェーホフは自らの死という厄介事の相手にはオリガを選び、自著を含む遺産の管理を妹に託すという、結果的には賢明な策を最後にとった。オリガは彼の戯曲を舞台に活かし、人々を楽しませ、かつ夫の仕事を生きた形で後世に橋渡しするという幸せな運命を生きたのだから。

この本の後半は、チェーホフの主要劇作について書いてきた論文を再録している。ロパーヒンを軸にして『桜の園』を読み直すこと、チェーホフのいわゆる「ヴォードヴィル」を鍵にして同じく『桜の園』を読み直すのは楽しい仕事だった。願わくは読者諸氏にも、もう一度チェーホフを読み直して頂きたい。

それにしても彼は自らをも含め、なんと人生を深く実直にみつめ、それを「ありのままに」筆で活かしたことだろう。何度言ってもこの感慨は尽きない。及ばぬながら彼の生き方に学びたいとますます思うこの頃である。

二〇一〇年一一月吉日

桜井郁子

チェーホフ、チェーホフ！　目次

I　チェーホフと女性たち、友人たち、作家たち

チェーホフとレヴィタン――親しい友との諍い

チェーホフに『気まぐれ女』（一八九二年、雑誌『北方』一八九二年第一号、第二号）、がある。題名は〝Попрыгунья〟で、『浮気な女』とも『跳ねっかえり』とも、訳されている。この一作のために、チェーホフが年来の友、レヴィタン（一八六〇―一九〇〇）を危うく失いかねない事態が起きた。この話の先を続けるためには『気まぐれ女』の紹介をしなければなるまい。チェーホフが描いた〝女性像〟の一つでもあるからだ。

『気まぐれ女』のヒロインはオリガ・イワーノヴナ、二二歳。物語は彼女が医師ドゥイモフと結婚する日に始まる。ドゥイモフは三一歳、九等官の位を持ち、二つの病院を掛け持つが、自宅診療はごくわずかで、年に五〇〇ルーブリもあればいいほうであった。見かけもぱっとしない平々凡々な男である。オリガが何故この医師と結婚したのか？　オリガの父に献身的な治療をほどこしたのが彼で、父が亡くなった後プロポーズされて、彼女が同意したのだった。オリガには親しい友人知人が大勢あり、それは多少とも世間に知られている人々、舞台俳優、画家、地主貴族でアマチュア画家といった芸術家連中だった。……

オリガの日課は次のようである。一一時起床、ピアノを弾き、陽が出ていれば油絵具で何かを描く。その後、女裁縫師のもとへ馬車を走らせ、衣装などの工夫をし、そのあとは誰か知り合いの女優のもとへ、芝居の噂を聞くためや、切符を手にいれるために行く。それから誰か名士の元へ訪問して、我が家への招待やら、お礼やら……。四時過ぎ、夫と昼食。夫の純朴さ、常識、人のよさが、彼女を感動させ、しょっちゅう、ぱっと立ち上がっては突発的に夫の頭を抱えてくちづけを浴びせるのだった。

水曜日の夜はパーティーを開く。それはカルタもダンスもなしで、女主人も客も思い思いの芸術、朗読や音楽、絵画、彫刻、そして芸術談義を楽しむというものだった。一一時半きっかりには、主人のドゥイモフが現れて、お客を夜食に誘う。蜜月の第三週に夫が丹毒に感染したが、ほどなく直った。四月、五月、六月は別荘住まい。七月になると、秋口まで絵描き連中のヴォルガの旅。オリガはなくてはならない一員として加わった。絵描きのリャボフスキーがそこにいた。ヴォルガ川の汽船の上で、リャボフスキーはオリガに迫り、彼女も彼の魅力に抗しきれず、彼に身を任した。……

つかの間の楽しみのあと、リャボフスキーは愚痴をこぼすようになり、オリガは衝立の陰で涙にくれて、夫を懐かしく思い、九月初めにはひとりで帰宅の道につく。家に着いた彼女は夫に打ち明けようとして出来ず、夫は優しく彼女を迎える。……

どうやら冬の中ごろから、ドゥイモフは妻に欺かれていることに気づいたらしく、食事には同僚のコロステリョーフを呼ぶようになった。オリガは夫もリャボフスキーも失ったような気分になっているが、やはりリャボフスキーを訪ね続ける。ある晩、盛装で帰ってきた夫が彼女に、学位論文に通ったことや非常勤の口がかかるかも知れないと告げるが、オリガにはその事の意味がわからず、芝居に急ぐ始末である。……ある日の朝、ドゥイモフが激しい頭痛で病院にもでかけず、ソファーに臥せっている。オリガはいつものようにリャボフスキーを訪ねてゆくが、彼の部屋に女が隠れているのに気づき、彼が別室に行った隙に逃げて帰る。家では夫がジフテリアにかかったと言って、書斎に閉じこもり、罹《うつ》るからと言って彼女を近づけない。翌朝、医師や、コロステリョーフが来ていて、夫のところへは行けない。次の日の朝三時、夫の死を告げられて、オリガは、見る影もなく痩せて横たわる夫に「ドゥイモフ！」と呼びかけるしかなかった。あれはほんの過ちだった。あなたはめったにないくらいの、非凡な、すぐれた人間だったと訴えたかったが……。

この小説が発表される前、レヴィタンは人妻ソフィヤ・クヴシンニコワとの情事を噂されていた。元来、ハンサムな彼はいつも誰かとの噂に事欠かなかったが、クヴシンニコワは『気まぐれ女』のヒロインは自分の事だと思い、腹を立てた。

チェーホフの回想記を書いたタチヤーナ・シチェープキナ＝クペルニクが指摘しているが、「作家のナイーブさで」チェーホフは、作中にソフィヤ・クヴシンニコワの外見特徴を取り入れていた。彼女の沈黙しがちな夫や、夕食をふるまう主婦らしさとか、画家との友情など。チェーホフは小説のヒロインを魅惑的な若い娘にしたが、ソフィアは「自分」を感じとって怒った。

チェーホフはこの点について、ある人への手紙に書いている。

「考えられるでしょうか、私の知人の一人、四二歳の夫人が、私の『気まぐれ女』の二〇歳のヒロインに自分を感じて、怪文書でモスクワ中に私に罪をきせるなんて。

主な証拠は、外見にあるのです。夫人は絵を描き、彼女の夫はドクトルで、彼女は画家と暮らしているのです……」（一八九二年四月二九日、L・アヴィーロワ宛、ヤルタ発）

アントン・チェーホフ　1892年

レヴィタン自身も画家像に自分を感じて、同じくチェーホフに対して立腹した。タチヤーナ・シチェープキナ＝クペルニクは書いている。

「レヴィタンは何も腹を立てることはなかった。そして小説の比類ない出来に免じて〝作者の罪を許す〟べきだったが、友人たちに〝口ばし〟をはさまれて、チェーホフとレヴィタンは二年以上会うこ

イサーク・レヴィタン　1890年代

ともなく、話し合うこともなく、二人とも心の奥深く傷つけられていた。

疑いもなくチェーホフはソフィヤの痛いところをついていた。誰も知らなかったが、彼女とレヴィタンとの関係には軋轢があり、小説の発表後、今度は完全な断絶になったのだった。……

私は冬、チェーホフのメーリホヴォを訪ねるつもりで、途中レヴィタンのところへ寄った、彼が見せると約束したいくつかの彼のエチュードを見せてもらうために。彼はベラスケス風のブラウスを着て迎え、私はメーリホヴォ訪問のための山のような買い物を携えていた。私がメーリホヴォへ行くことを知ると、彼はいつものように長い溜息をついて、この馬鹿げた喧嘩が苦しくて、また以前のようにあそこへ行きたいものだと言った。

——どうして、問題なのよ？——と私は若気の意気込みで言った。——行きたければ、行かなくちゃ。私と一緒に出かけましょう！

――何だって？　今？　こんなふうで、行くべきかな？

――行くべきよ、ただ手を洗ってね！（彼は全身、絵の具だらけだった。）

――でも具合悪くないか？　もし彼が悪くとったら？

――何ですって、自分が責任もつわよ！――私はきっぱりと言った。

レヴィタンは興奮し、不意に決心して、絵の具を捨て、手を洗った、数時間後には、私たちは
もうメーリホヴォのチェーホフ邸の階段を上っていた。彼は途中興奮して、溜息をつき言った。

ソフィア・クヴシンニコワ　1880年代

――ターネチカ、僕たち馬鹿なことをしてるんじゃないか？

彼を落ち着かせたが、ほんとのところ、彼の興奮が私にも移って、気が気ではなかった。しかし一方、チェーホフを知っている私は、何にも起こらないと確信していた。

邸の階段を上がり始めたとき、犬が吠え、マーシャが走り出て、毛布にくるまった

ドミートリィ・クヴシンニコフ　1880年代

チェーホフも出てきた。暗闇をすかして、私の連れは誰かとみつめている風だったが、——その後で、かたい握手、そしていつものような会話、道のこと、天気のこと——まるで何もなかったかのようだった。

これが友情の回復で、レヴィタンの死まで変わらなかった。こんな風にチェーホフは彼を訪ね、彼を見舞った。」

（以上引用は、『チェーホフのこと』T・シチェープキナ＝クペルニク、一九五二年刊より）

タチヤーナ・シチェープキナ＝クペルニクについては、チェーホフの回想記作者として、作家として、殊にチェーホフを身近に知り友情に結ばれた女性として、紹介しなければならないが、別稿に譲り、チェーホフとレヴィタンの話を別の証言から語りたい。

チェーホフとレヴィタンの仲はヤルタのチェーホフ邸の書斎にも、チェーホフの机のそばに彼の画が掲げてあるのでもわかる。終生の友であった。

アントン・チェーホフの兄ニコライが画学生だったとき、レヴィタンも同じく画学生として同じアパートに住んでいて、チェーホフとレヴィタンの交友はこの頃から始まっている。一八八三年春、画学校の最終試験で、レヴィタンが油絵で、K・コローヴィンが線描画で銀メダルを受賞した。その頃、アントン・チェーホフもモスクワ大学医学部卒業試験に備えていて、よく兄の部屋に来ていた。この日のことがコローヴィンの回想記『チェーホフとの出会い』に書かれている。

春の日だった。レヴィタンとコローヴィンは、ソコーリニキへの散歩に誘うためチェーホフの部屋に行った。チェーホフの部屋では、サモワールが立てられて、学生たちが談笑していた。チェーホフ自身はソファに座り、勉強していたが、問われた質問には答えていた。この初対面の時に、コローヴィンがチェーホフに抱いた印象を書いておこう。

「彼はハンサムだった。人のいい笑みを含んだ眼差しをしていた。誰かと話をするときには、相手をじっと見つめるが、すぐに顔を伏せて独特なおとなしい笑みをうかべる。大きな開けっぴろげな顔、広い肩は彼に信頼感を抱かせた。若いにもかかわらず、彼には既に何かしら善良な老人のような感じがあり、真実や、哀しみ、誰もが心の底にもつ重要なことについて訊ねてみたい気を起こさせた。素朴で、飾り気が無く、気取りも無い、度量の大きさ、はにかみさえ彼にはあった。」

学生たちがチェーホフに質問を投げかけた。「もしあなたに信念がないとしたら、作家ではあり得ない……」とか、「思想も無くて、作品を書く事ができるものか……」とか。チェーホフは平然と「僕には信念も、思想もありませんよ」と答えた。

「どうしてチェホンテなんて、中国風の署名をするんですか?」、「もうすぐ医者になろうという時に、思想も無くプロテストも無い作品を書くなんて、恥ずかしくないのですか?」と学生たちは言う。チェーホフは笑い出し「あなたがたは正しい」と答えるが、ここで提案する。「ソコーリニキに行きませんか……いいお天気だ……あそこにはスミレが咲いている……空気もいい、春だ。」

途中でレヴィタンが論争をむしかえす。「どう思いますか? 僕だって思想が無い……僕は絵描きになれるだろうか?」学生は言う。「不可能ですよ。人間は思想なしではあり得ない。」チェーホフが口をはさむ。「どうして彼が絵描きになれないの? 彼はメダルをもらったし、……今にもっと大きな賞をとりますよ。」画家たちと作家は笑い、学生は腹を立てる。

「どんな思想というのです? 僕が陽のあたる松の木々を、春を描くときに……」とレヴィタン。「失礼ですが、松は原料です。建築の材料です。薪は人民の所得です。……この自然は人民のためにあるのです……」と学生。ソコーリニキの森は美しかったが、芸術家たちと学生の会話は、どこまでも食い違っていた。……

（以上の引用と要約は、K・コローヴィン（一八六一―一九三九）の『チェーホフとの出会い』一九二九年、パリ、より。）

さてアントン・チェーホフの弟ミハイルは五人兄弟の末っ子（一八六五—一九三六）で、中学生時代、兄アントンの劇作品の清書などを手伝っていたが、チェーホフが若き小説家として売り出していた頃から兄の手助けをし、後に『チェーホフの周辺』（一九三三年、題名は〝Вокруг Чехова〟）を出して、他の兄弟たちや妹マリヤとともに、チェーホフの身近にいた者として貴重な証言を遺している。その中からレヴィタンに関わる部分を紹介することにしよう。

「女性たちはレヴィタンの美形に惹かれ、彼はそれを自覚していて、女性には常にコケットリーに振舞った。戸外であろうと、女性の前に跪くことを厭わなかった。一目惚れたとなると、全てを措いて、追っかけていった。それが〝決闘〟を呼び込むこともあった。一度シンフォニーの集いでそんな事が起こり、私は休憩時に立会人を頼まれたことさえある。そんなロマンスの一つが、危うくアントンを争いに引き込んだのだ。

モスクワに監察医ドクトル、ドミートリイ・クヴシンニコフが住んでいて、その妻ソフィヤが絵を描く人だった。特別の美人ではないが、優美に装い、いつも家にはお客が絶えなかった。お客には医者達のほか、画家、音楽家、作家たちが居り、チェーホフ家の者もその一員だった。食卓にはいつも溢れんばかりの前菜が並んだ。そんな時、ソフィヤは立ってゆき、夫の頭を抱いて言うのだった。『皆さん、ごらんなさいな、何てこの人すばらしい顔をしているんでしょう！』

彼女はレヴィタンの指導を受け、ヴォルガの旅にも一度ならず同伴した。帰ってくるなり、ソフィヤは夫に駆け寄り、彼の頭を抱いて言うのだった。『ドミートリイ・クヴシンニコフ！　抱かせてね。皆さんごらんなさいな、この人すばらしい顔をしているでしょう！』……アントンの小説『気まぐれ女』が現れて後、いろんな話が起こった。ある者はチェーホフのあからさまな描写を非難し、ある者はおもしろがった。レヴィタンは深く悩み、アントンは『私の『気まぐれ女』は美人だが、ソフィヤはそんなに若くも、美しくもない』と冗談を飛ばしていた。

レヴィタンがアントンに決闘を申し込むかも知れないという噂が流れた。もしも、タチヤーナ・シチェープキナ＝クペルニクがチェーホフの所へ連れて行き仲良くさせなかったら、どう決着したか見当もつかない。」

ミハイルは〝注〟で、このいきさつを補っている。「それは一八九五年一月二日のことで、メーリホヴォに着いた時はもう遅くて、アントンは床に着いていた。皆がはさんだテーブルでは緊迫感があった。早朝の三時、レヴィタンは『幸せです、またチェーホフ家に来ます』という書付を残して去った。一月四日、チェーホフがモスクワのレヴィタンの所へ行き、シャンパンの杯を挙げて、友情は元に戻った。」（桜井注：この回想集『チェーホフの周辺』には、クヴシンニコフの肖像も、ソフィヤの肖像も掲載されている。）

レヴィタンとアントン・チェーホフに関する、もう一つのエピソードを同書から。

チェーホフ一家が一八八五年から三年間の夏、過ごしたバブキノでのこと。レヴィタンはこのバブキノから遠くない村にひとり暮らしているのが分かった。彼はアンニュイに捉われると、二日から一週間家を空けて、再び生きる喜びが戻るまで帰らないこともあり、家に閉じこもって出てこない事もあった。

うんざりするような長雨が続いて、その夜も篠つく雨が降っていたが、アントンが思いついて、レヴィタンを訪ねようと言い出した。アントン、イワン、ミハイルのチェーホフ三兄弟は夕食の後、長靴を履きずぶ濡れになりながら、森や沼地を越えて出かけていった。レヴィタンはベッドからとびあがるなり、ピストルを構えて闖入者を迎えた。ランタンの灯りで、我々と知って「何てことだ！　驚かせやがって！……」と言ったが、その後我々は座って、笑いあった。レヴィタンは、アントンの機知あるたくさんのおしゃべりのお陰で朗らかになり、程なくレヴィタンもバブキノへ引っ越してきた。

『アリアードナ』と女たち、リーカ・ミジーノワの場合

T・L・トルスターヤの感想・・「男の作家が、これ程までによく女性の心を知っているのに驚きます。……私はチェーホフの『かわいい女』を読んで、自分を知り恥ずかしくなりました。しかし『アリアードナ』で自分を知った後ほどには、恥ずかしくはありませんでした。」（一八九九年三月三〇日）現代日本の読者は、このトルスターヤの感想にはほとんど反応しなかった、つまり一〇〇年前には驚きでもあった女性心理の描写が、一〇〇年以上経った現代では珍しくもないということであろうか。

ともあれ、『アリアードナ』は発表されたとき（一八九五年、雑誌『ロシア思想』一二号）、ロシア文芸界を賑わせたこの作品は、チェーホフを知る人々の間にこのヒロインのモデル論争も引き起こした。私もまたこの作品で「チェーホフをめぐる女性たち」の好材料を得た。そのことは後述するとして、まず作品『アリアードナ』をかいつまんで紹介しておこう。

物語は語り手が外国旅行の帰途、オデッサからシンフェローポリへの航海中、同じ船室に居合

わせたシャモーヒンという男が話した恋の顚末が中心である。

シャモーヒンはモスクワ県の地主の息子。隣の地主の妹、魅惑的な美女アリアードナに会うなり、一方的に恋に落ちる。しかし中年男ルプコーフの出現で、ややこしい事になる。彼が申し込みもしないうちに、アリアードナはイタリア旅行に出て、しかもルプコーフも同行すると知り、シャモーヒンはひとりカフカーズへ旅立つ。一月後、家へ帰ると、アリアードナは再三手紙をよこして、「あなたのいないのが、淋しい」と呼びかけてくる。しかも「あなたに見捨てられたアリアードナより」とか、「忘れられた女より」という文句を添えて……たまらず、彼女らのいるアドリア海の保養地に出かける。どうやら二人は手元不如意でシャモーヒンが当てにされていたらしい。間もなくローマでは、無心していた父から送金を受け取るが、ルプコーフがすぐ借金を申し込んでくる。ホテルの部屋は別々らしいが、疑わしい二人の関係をみつけて、シャモーヒンは故郷へ逃げ帰る。冬が過ぎ、春が来て農地の作業が忙しくなる頃、またアリアードナに呼び出される。今度は乱れた文字でひどく不幸だと書いている、「救い出しにいらしてください」という懇願の結びまで添えて。……またもやシャモーヒンは、ローマの彼女のところへ駆けつける。ルプコーフはいない。「あんな奴のことは言わないで！……あの人、ロシアに金の工面に帰ったわ……」と彼女の態度も変わっていた。故郷に帰ることを彼女は拒み、結局シャモーヒンは彼女の愛人になれたが、その情熱も一カ月ほど続いただけで、イタリア各地をめぐる生活をすごすうちに、彼にもアリアードナの魅惑的な表面に隠れた本質が分かってくる。金も尽き、ようやく今ロシアに帰ってきたが、田舎に帰るのを彼女が拒むので、ヤルタに向かうところである。……

シンフェローポリで下船し、ヤルタに滞在している間、語り手はコケットリーな彼女と、彼女に仕えているシャモーヒンを見かけ、少し立ち話をしたが、その後二人がどうなったか、ヤルタを発ったので知らない。

以上の筋書きのほかに、アリアードナの生き方について、作品にはどう書かれていたか紹介する必要があるだろう。シャモーヒンは（同棲後）、次のように表現する。「この女の主な、いわば基本的な性質は、驚くほどの嘘つきということでした。（相手が）私だろうと下男だろうと玄関番だろうと、店の商人だろうと知人だろうと、片っ端からたぶらかすのです。話をするにも人と会うにも、見栄を張ったり気取ったりせずにすんだことは一度としてありませんでしたね。……たった一つ「人の気に入られたい！」が、彼女の人生の目的でもあり生きがいでもあるのです。……彼女は自分の魅力について、一風変わった考えを持っていました。もしもどこかで大勢人の集まる所で、自分のすばらしい体つきや美しい肌の色を見せつけることができれば、イタリア全土はおろか、全世界だって征服できる、というふうに思い込んでいるのです。……いったい何のために彼女はこんなに人並みすぐれた美貌と、優雅さと、知恵とを神から授かったのだろう。……彼女は実生活を軽蔑していて、……私が彼女の気ちがいじみた欲望を叶えるために何千フランも投げ出して、呻いている時でさえ、……鼻歌を歌っているのです。……」

以上で作品の紹介を終わるが、書いているうちに、チェーホフのこの作品が私の紹介でありふれた三文小説のようにとられかねない、稚拙な紹介のような気がしてきた。またシャモーヒンの表現には事実もあるが、被害者のどうにもならぬ恨みも混在する。チェーホフの原作をお読み頂ければ、私の要約の拙さも、疑問も氷解すると同時に、この作品の魅力を存分にお分かり頂けるだろう。チェーホフの同時代人たちも評価し、若きメイエルホリドも、ブーニンも、この作品に賛辞を呈しているのだから。

でも今は、最初に書いたように、作品発表後、ヒロインのモデル問題がチェーホフを知る人々の間で話題になった、その事についてと、チェーホフに実際にあった事との関係について話を移したい。

この小説に語られた事件は、一八九三年から九五年にかけてあったチェーホフの若き知人、リジヤ・ミジーノワ（一八七〇—一九三七）に起こった事に相応している。よく知られているように、ミジーノワは作家ポターペンコ（一八五六—一九二九）と恋におちいり、一八九四年三月、彼の後を追ってパリに行く。（これはチェーホフの不在中に起こった。）ポターペンコには妻子があったが、朗らかで、女好きで、同時代人の表現によると〝浪費者〟であった。ミジーノワは〝裏切られ〟て、〝彼がロシアに逃げた〟（一八九四年七月一四日）後、すぐにチェーホフにそのことを知らせている。チェーホフは彼女の九月二一日付の手紙からミジーノワが妊娠していることを知った。アリアードナは外国から主人公に「あなたに見捨てられたアリアードナ」とか、「忘れられた女より」と書くが、これらはリジヤ・ミジーノワがチェーホフに送った手紙と符合する。まだロシアにいるうちから「……あなたの見捨てた私を忘れないで」（一八九二年一二月三〇日）と書き、外国からは「あなたに拒否された、……リーカ・ミジーノワを忘れないで」（一八九四年三月一五日）

とか、「……私はとても、とても不幸なの。」（一八九四年一〇月七日）と書いている。

すこし詳しくチェーホフとリジヤ・ミジーノワのことを書いてみよう。彼女がモスクワ、クドリンスカヤ街のチェーホフ邸に初めて現れたのは、チェーホフ二七歳、リジヤ一七歳の頃。親しく出入りするようになったのは、一八八九年秋からだった。チェーホフの妹マリヤと同じ中学校の教師だったからだ。彼女は稀に見る美貌で、誰をも惹きつけたが、チェーホフ兄弟たちも〈美わしのリーカ〉とあだ名し、彼女の訪問を歓迎していた。タチヤーナ・シチェープキナ＝クペルニクによれば、彼女は美貌だけでなく「異常な女らしさ、柔らかな挙措動作、ほとんど欠点がなく、厳しいまでの率直さを持っていて」魅惑的だったという。チェーホフの弟ミハイルの証言では「この人には虚栄の影もありませんでした。彼女には美の他に、知恵と、朗らかな性格があり、機知もあって……彼女と話をするのは楽しみでした。」こうなれば、もうアリアードナとの結びつきは難しい。確かに事件はリーカの事件に

リジャ・ミジーノワ　1890年代

イグナーチイ・ポターペンコ　1890年代

似てはいるが、人物像は彼女より、むしろ次章に述べる予定の女優リジヤ・ヤヴォールスカヤに似ているというのが、当時でも言われたことだ、と急いで言っておこう。そしてリーカ・ミジーノワに話を戻そう。

リーカとチェーホフの関係をうかがうのに、いちばん好都合なのは『チェーホフ書簡集』であろう。作家は後世の人がそれを覗き見することなどを思いもしないで、思いのまま書いていたのだから。ミジーノワの手紙もまたしかりである。さてリーカ・ミジーノワがチェーホフ家にしばしば現れるようになったのは、マーシャの友達だったからだが、リーカはチェーホフに特別な関心を持ったし、チェーホフの側もまんざらでもない気持ちを持っていたようだ。その上に友人のレヴィタンが露わな関心を持って彼女の周辺にうろうろし始めていた。「あなたのために一五コペイカでレターセットを買いました」とチェーホフは書き送る。その続きに「このレター・ペーパーは、レヴィタンやF某や……の優雅な趣味を満足させるでしょう」(一八九一年一月二一日)とある。この年チェーホフ家の避暑地ボギモヴォに招いた時にも、なかなか訪ねてこないリーカに書いている。「チェルケス人のレヴィタンに夢中のあなたは忘れている、弟イワンに六月一日に来ると約束したことも、妹の手紙に返事を書く事も。僕もあなたに書いて招待しましたよ。……あなたのおいでを毎日待ってます。僕のところには、すばらしい庭園、並木道、小川、ボート、月の夜……がある。／レヴィタンによろしく。毎回あなたのことを手紙に書かないように言ってください。第一に、彼の寛大さのためだし、第二に、彼の幸せなんか僕の知ったことじゃないから。……お元気で、お幸せに、そして僕たちを忘れないで。」この手紙には、矢に射ぬかれたハートのスケッチが描かれ、「僕のサイン」と注をしてある。（一八九一年六月一二日）

リーカとレヴィタンの関係の真実は分からないが、この夏から秋にかけてレヴィタンが前項に書いたクヴシンニコワとの情事が噂になり、チェーホフが小説『気まぐれ女』を書いたため、チェーホフとレヴィタンが断絶状態になった頃、リーカは勿論レヴィタンよりはチェーホフにより近づくようになった。

チェーホフが九二年三月四日メーリホヴォに自分の領地を持つようになってから、リーカも勿論招かれてしばしば訪れるようになる。この地でチェーホフは自分の領地の手入れを忙しくする他、周辺の農民との付き合いや、地域の医師としての仕事、折から蔓延し始めたコレラの流行に備える仕事もあった。そんな頃、リーカはチェーホフと二人だけのカフカーズ旅行を企てる、誰にも内緒で、しかもチェーホフは同意していた。

一八九二年六月二三日のチェーホフの手紙。「コレラのための旅行状況が決まるまで、カフカーズ旅行への切符の心配はしないでください。」署名が「あなたのミジイスキイ王より」となっている。これはリーカの「一緒に行きましょう！　ただ誰にも言わないで、切符のことも、私の提案のことも……切符は私がもう申し込みました」に答えたものだった。コレラは来なかったが、ふたりの旅行もなかった。チェーホフが一歩踏み出すのをためらったというべきか、そう、彼は踏み留まったのだ。

しかし手紙の往復は続く。六月二八日、チェーホフにとってのビッグ・ニュース——二年前に関係を断絶していた出版「ロシア思想」のラヴローフから、丁寧な挨拶とともに、あなたの作品が欲しいという申し入れがあった。「ロシア思想」は当時代表的な文芸雑誌で、チェーホフがそれまで書いていた新聞・雑誌類とはまったく違う、分厚い雑誌からの招待だった。——チェーホフはこのビッグ・ニュースをリーカに伝えて「あなたの前で書いていた作品（桜井注・『無名氏の話』か）を送る」と書き添える。ついでに彼は書く。「レヴィタンのことを夢みているの？（彼からの）手紙を受け続けるの？　……リーカ、あなたの中に大きなワニが住んでいる……／僕の首に投げた投げ縄をきつく絞めて、僕をへとへとにさせておくれ。……ああ、僕は馬鹿なことを書いている。ああ、ああ！……」署名は「ミジイスキイ王」である。この署名は、以後ふたたび書かれる事はなく、普通の「あなたのA・チェーホフ」に戻った。しかし文通と、リーカのメーリホヴォ訪問は続いたが、リーカの傷心と苛立ちは抑えようもなかったことが、「……お願い、お手紙をもっとください。あなたに見棄てられた女のことを忘れないで……」（一八九四年三月一五日、パリ発）で知れる。

実は、九三年秋、リーカはメーリホヴォを訪れた作家ポターペンコと知りあい、やがて彼の虜となっていた。チェーホフに女優ヤヴォールスカヤとの噂が流れていた所為かもしれない。ポターペンコには妻子があったが、リーカと二人で一八九四年の新年をチェーホフのメーリホヴォ邸で過ごしたりしている。三月五日妻子とともにパリへ発ったポターペンコの後を追うように、リーカもパリへ発った、歌の勉強のためという口実で。事実彼女は歌のレッスンを受けたが、ポターペンコとの仲は、彼がパリを去る五月末までの事だった。不幸な事に彼女のお腹には彼との子が宿っていた。ひとり残された彼女はスイスの片田舎で、翌年子を産み落としていた。

さきの手紙（九四年三月一五日）の事だが、リーカはポターペンコを追って出てきたパリで、もう先のない恋のゆくえを見越して、かえらぬ愚痴をチェーホフにうちあけていたことになる。チェーホフの返事。「愛しいリーカ、手紙ありがとう。きみはもう直ぐ死ぬ、それも僕が君に背いた所為だと怒っているが、やはり手紙をありがとう。でも僕はよく知っているよ、君は死にはしないし、誰も君に背いてはいないことを。／……僕は、ここヤルタに居て書かなくてはならない、作家だからね。……／君が偉大な歌手になって、稼ぐようになったら、僕にお慈悲をおくれ、つまり僕と結婚して、僕が何もしないですむように、養っておくれ。／M某はここでコンサートをして、一五〇ルーブルも稼いでいる。僕は歌を習わなかったことを残念に思っているよ。……六月に僕はパリに行けない。」（一八九四年三月二七日）チェーホフは事の重大さを知らず、いつものような戯れも書いていたのだ。

実際は、リーカは孤立し病気になり、切迫した事情の中で、同年秋、外国旅行中のチェーホフに助けを求めていたが、連絡がうまくゆかず、結局二人は行き逢えなかった。

この年の夏二人の文通は途絶えていたが、リーカはパリからメーリホヴォへ書き送る。「さっぱり分かりませんわ！　ずっと前にマーシャに手紙を書きました、絶対返事をもらえると思ったのに！　彼女はメーリホヴォにいないの？　それならあなたがせめて二、三行でもくだされればいいのに。どうして私は忘れられたの？……」（七月四日付）「あなたのタガンローグからのお葉書には、冷たさが漂っています！　どうやら私は、私が愛しているすべての人から軽蔑されているのね！」（七月二〇日付）実はこれらの手紙をチェーホフは外国旅行から帰った後、一〇月に受け取っている。

一八九四年九月二〇日付のリーカの手紙。「あなたとお話がしたい！　私はとても、とても不幸です。笑わないで、以前のリーカは跡形もなくなっています。どう思ってみても、このことの一切の責任はあなたにあると申し上げねばなりません。けれども、どうやら、そういう運命だったようです。……なぜこういうことをあなたにお知らせするのか、私には何もわかりません。ただ分かっていることは、あなたのほかには誰にもこんな事は書かないだろうということです！」リーカは続けて何通もチェーホフに向けてＳＯＳの手紙を書いた。「私が会いたいのはあなただけです。――あなたは人々に無関心で、素知らぬ顔をしていて、その欠点や弱点に対して冷静で、他の人たちのように非難なさらないからです。……／一人でいらしてください、そして誰にも言わないで。」

同じ頃チェーホフは、ウイーンからリーカへ手紙を書いている。「リーカ、僕の手紙に返事をくれないね。でも僕が書いて、君をうんざりさせることにした。僕はウイーンにいる。ポターペンコがいつか言った（桜井注・『チェーホフ書簡集』第五巻の注によれば、リーカがスイスに行く事は、六月一四日彼女からチェーホフに知らせている。つまりここはチェーホフの早とちりであろうか）、君がワーリャとスイスに行くだろうと。どんな場所か。僕は君を探せるかもしれない。もし君と会えたらすばらしい。こちらのアドレスは、アバツィア、郵便局留めで。……／僕が外国にいることをロシアの誰にも言わないで。僕はそっと出かけたんだ、泥棒みたいに。……僕は元気、たえず咳はあるが……。」（一八九四年九月一八日）リーカのSOSの手紙はこのアバツィアから投函されたチェーホフへの返事である。

だが運命は二人を会わせなかった。

「リーカ、ここは雨でずぶ濡れだ。だから明朝、もしくは明後日、僕はニースへ行く。僕のおといの手紙に答えるなら、次のアドレスへ。ニース、局留め」（九月二一日）

一八九四年一〇月二日のチェーホフの手紙。「今日ニースに着いて、君の手紙を全部受けとった。残念ながらスイスには行けない、スヴォーリンが一緒だからね、ニースで五―七日間、パリで三―四日間、そのあとメーリホヴォだ。……もし君の手紙をアバツィアで受け取っていたら、スイス経由で君と会えたかも知れないが、今はスヴォーリンと一緒だからうまくない。

僕の、人々への無関心についてなど、君は書かなくてもいいだろうに。でも、退屈しないで、元気で、自分の健康を大事になさい。低くおじぎをして、強く強く手を握る。」

結局、二人は行き逢えず、チェーホフは予定どおりメーリホヴォへ戻る。この時にパリから送ったリーカの手紙を読んだし、リーカがポターペンコから受けた仕打ちも知る。

一八九四年一二月一五日、パリのリーカからチェーホフへ。「もうパリに来て二カ月になりますが、あなたからはお便りも無い！　あなたも私に顔を背けなさるの？　退屈で、憂鬱で、いやな気分です。……／メーリホヴァのあなたがたのソファに座って、一〇分でもあなたと話せたら、……そもそもこの一年が無かったら、私がロシアから出て行かないで、全てが昔どおりなら、私の半生を捧げてもいいと思えるのです！」この年内にリーカに向けた手紙は無かったのか、チェーホフの書簡集には見当たらない。

ただ妹マーシャに書いた次のような手紙がある。「リーカから手紙を受け取った。歌とマッサージと英語を勉強していると書いている。私のソファにたとえ一〇分でも座れたらとか、また三月には来るだろうと書いている。」（一八九四年一二月二五日）

結局リーカと行き逢えなかったことが分かった日、一〇月二日、ニースから妹マーシャに書いた一句に、チェーホフの気持ちが吐露されている。「ポターペンコは豚野郎だ。」

リーカのその後はどうなったか、気にかかる人のために一言。翌春、彼女はひとりスイスで女の子を産み、乳母をつけて、後には伯父伯母に面倒を見てもらうが、ポターペンコとの縁は切れ、この運命の女の子も、一八九六年一一月亡くなる。リーカはロシアへ帰った一八九五年五月半ばから、またメーリホヴァを訪れる常連客の一人となる。

「私は以前のリーカに似てきたと皆さんが言ってくださいます。何年も何年も、望みなくあなたを愛してきたあのリーカに。」チェーホフへ宛てた最後の手紙にそう書かれていた。（一八九八年一月一三日）モスクワ芸術座の端役女優になった頃のことで、後に演出家サーニンと結婚した。

ヤヴォールスカヤとタチヤーナ・シチェープキナ＝クペルニク

『アリアードナ』でチェーホフが有名な女優ヤヴォールスカヤを描いたというのは〝馬鹿げた事〟だった。何の根拠もないのに、チェーホフの周辺ではそうと思われていた。ラーザレフ＝グルジンスキイの証言がある。ラーザレフはチェーホフと同年輩（一八六一―一九二七）の作家で、チェーホフと同じ頃「オスコールキ（かけら）」、「ペテルブルグ新聞」などに寄稿していた。

「ある晩、編集部用の切符のため、コルシ劇場に寄った時、どこか劇場の奥深くから出てくるチェーホフに出会った。

『アントン・パーヴロヴィチ、ここで何をしているんですか？』と驚いて私は訊ねた。

『メーリホヴォに居られるとばかり、思ってました。ああ、そうだ！　忘れてました、あなたがヤヴォールスカヤに夢中だってことを！』

『どうして、そんな事を知ってるんですか？』

『どうしてって、それはモスクワ中で言われてますよ。』

『モスクワ中、モスクワ中だって！』

チェーホフは大笑いしたが、一緒に帰るときに、いちども〝夢中〟を否定しなかった。

しかし〝夢中〟はつかの間で、間もなくチェーホフのロマンスにはピリオドが打たれた。……」

（引用は「同時代人の回想におけるチェーホフ」、一九四七年刊より）

ヤヴォールスカヤについては、彼女の友人であり、チェーホフにも近かったタチヤーナ・シチェープキナ＝クペルニクがもっとふさわしい語り手だろう。

その前に、タチヤーナ・シチェープキナ＝クペルニクの事をすこし説明しておかねばならない。彼女自身の叙述によると、彼女の伯母はマールイ劇場の有名な女優Ａ・シチェープキナで、前稿に登場したソフィア・クヴシンニコワと親しかった。またリジヤ・ミジーノワ（チェーホフによる愛称、リーカ）を知っていた。リーカはチェーホフの妹マリヤと同じ中学校で教えていて、友達だったので、タチヤーナはリーカの仲介でマリヤと知り合いになる。

ここで寄り道になるが、タチヤーナによるリーカと、マリヤの描写を引用しておこう

「リーカの美貌は例えようもない、まさにロシアのお伽話にでてくる〝白鳥の女王〟で、容姿の美しさに加えて、並々でない女らしさ、柔らかさと、またそっけない程の率直さという魅力ももっていた。彼女自身は自分の美貌を知らないみたいだった、例えば誰かが彼女の前でそう口にしようものなら、恥じ入って怒った。

マリヤは真面目で慎み深くて、感情を表に出す演劇人に慣れていた私は初め少し避けていたが、

彼女の心の優しさ、チェーホフ的ユーモア、静かな陽気さを知り、彼女を心から好きになった」と書いている。

タチヤーナはマリヤを通じてアントン・チェーホフと知りあった。その時紹介された言葉が〝マーシャの兄〟で〝リーカの友人〟ということで、あっさりと簡単にチェーホフと近づきになった。

チェーホフとはモスクワの新聞・雑誌編集部で出会う事が多かった。彼は執筆者で、タチヤーナは出版協力者として（のちに作家になるが）、「ロシア思想」、「アーチスト（芸術家）」、「ロシア報知」等で。勿論モスクワ行きは、彼女にとってこの上ない喜びだった。マリヤはメーリホヴォにも招いてくれた。そこでもチェーホフ一家に歓迎された。

「当時日記をつけていなかった」とタチヤーナは残念に思っているが、その頃は文学・芸術生活が面白い時代だったとも書いている。例えば、モスクワでは芸術座が誕生し、マモントフの劇場では若きシャリヤーピンが歌い、展覧会ではレヴィタンが展示されていた。……

「私の前に、細い字、冗談書きの、青いメモがある。

『……とうとう波が、狂人を岸に運びあげた。……そして二羽の白いかもめに手を差しのべた……』

これはチェーホフが二人——私と、友人の女優L・ヤヴォールスカヤに会うために、よこしたメモである。出版社「アーチスト」の企画で、食事・歓談の後、「アーチスト」のために私と、

左からタチヤーナ・シチェープキナ＝クペルニク，リジヤ・ヤヴォールスカヤ，チェーホフ　1894.10.15

チェーホフ、ヤヴォールスカヤの三人の写真を撮ることを求められた。三人は長い間、散々おしゃべりをしていたが、「こちらを見てください」と写真師が言ったとき、チェーホフは振り返って石のように固まった。ところが私たちは落ち着けず、笑いながら、彼のほうを見つめていた――結果として、得られたのが次の写真で、チェーホフは〝聖アントニイの誘惑〟と題名をつけた。」

（『チェーホフの事』より。別掲写真を参照のこと。〝注〟によると、一八九四年一〇月一五日のことだった。右ですましているのがチェーホフ。中央でチェーホフに手を差し出しているのがヤヴォールスカヤ、左はタチヤーナ・シチェープキナ＝クペルニク。）

メーリホヴォのチェーホフの邸　1890年代

リジヤ・ヤヴォールスカヤはタチヤーナの仲介でチェーホフと知りあった。彼女は上にも述べたように、モスクワのコルシ劇場の女優で、美しく優雅であったが、名女優とは言いがたく、しかし興味ある女優だった。折からフランスの劇作家サルドゥー作『マダム・サンジェーヌ』に出演していた。彼女の演技と、相手役の好演により、コルシ劇場の上演回数はその一シーズンで百回を越した。モスクワ中が『マダム・サンジェーヌ』を見るために駆けつけた。実際彼女の出るシーンは見るに値した。チェーホフが彼女に夢中だと噂されたのは、この頃だ。演出家コルシは以前チェーホフの『イワーノフ』を上演していて、彼を〝自分たちの作家〟と思っていた。ある日、ヤヴォールスカヤの家でチェーホフの新しい戯曲『かもめ』の初稿を読む会があり、大勢の人が集まり、タチヤーナもそこに参加していた。

チェーホフが彼女の客間に入ってきた時、ヤヴォールスカヤはインドの芝居で演じた時のように、とっさにチェーホフの前に跪いて、彼に手を差し出して叫んだ。「この世でたった一人の、偉大な、すばらしい方!……」このせりふは、後でアルカージナがトリゴーリンの前に跪いて叫んだ時に、思い出された。チェーホフは『椿姫』などでの彼女の演技を引用していたのか、しかしそれ以上の意味はなかったと言えるだろう。

コルシもヤヴォールスカヤも、〝自分たちの作家〟チェーホフの新しい戯曲を、〝おいしいご馳走〟として待ち受けていた。しかし『かもめ』が実際どう受け取られたかは、よく分からない。コルシをも、ヤヴォールスカヤをも、アルカージナがトレープレフの戯曲を表現した言葉、〝デカダン〟とか、〝新しい形式〟で驚かせたようだが、上演に到らなかったことに尽きるのではないか。ペテルブルグにおけるアレクサンドリンスキイ劇場の初演が失敗して、『かもめ』が陽の目を見たのは、一八九八年のモスクワ芸術座における上演まで待たなければならなかった、という歴史的事実で十分であろう。……

さて、チェーホフとヤヴォールスカヤの関係はどうであったのか。タチヤーナに言わせると〝二重の関係〟があった。チェーホフは、あるときは彼女を気に入り、あるときは気にいらなかったが、女性としては興味をもっていたらしい。それが『アリアードナ』に反映されたのだろう。一時は結婚の噂が流れたこともあるようだ。しかしこれは主に彼女の方から流した噂かもしれない。というのは、リーカがチェーホフへの想いで悩んでいた最中に、ヤヴォールスカヤから「絶対に結婚するつもり、チェーホフに口添えをして欲しい」と言われてしまったと、当のリーカがチェーホフに宛てた手紙で書いている（一八九三年一一月初め）。
『アリアードナ』についての〝ゴシップ〟も「最初に流したのは女優自身であり得る」と上に引用したラーザレフ＝グルジンスキイが書いている。「女優の常として、ヤヴォールスカヤは宣伝が好きだった。『アリアードナ』についての〝ゴシップ〟も彼女の名にいくらか効果を及ぼした。作家チェーホフを評価しないジャーナリストたちは、ゴシップを信じるふりをし、チェーホフを知らずヤヴォールスカヤを知っているが、情報に乏しい一般の人々は、このゴシップを信じた。実際『アリアードナ』に関するヤヴォールスカヤの〝怪文書〟は存在しない。」

（引用は、上と同じ「回想」より）

チェーホフとヤヴォールスカヤの関係はほんの束の間だったし、何もなかったに等しい。彼女がペテルブルグへ転進したとき、チェーホフはスヴォーリンの劇場を薦めたが、彼女は従わなかった。それでピリオドが打たれた。

チェーホフの周辺には女性読者が群れたが、彼は妹マリヤの知人たちに囲まれる事が好きだった。第一にリーカがあり、タチヤーナもチェーホフ家に歓迎される一人だった。彼女たちの年齢を知るために、生まれた年を並べておこう。

妹マリヤは一八六三年生まれ、リーカは一八七〇年生まれ、タチヤーナは一八七四年生まれ、ヤヴォールスカヤは一八七二年生まれであった。ついでに、チェーホフの秘められた恋人リジヤ・アヴィーロワは一八六四年生まれ、後に妻になったモスクワ芸術座の女優オリガ・クニッペルは一八六八年生まれ、チェーホフ自身は一八六〇年生まれであった。

マリヤ・チェーホワ　1890年代

この稿の最後は、タチヤーナ・シチェープキナ＝クペルニクの回想で締め括ることにしよう。メーリホヴォ時代以後、チェーホフ一家の近くに居て、チェーホフの生活をよく知る一人であるからである。以下彼女の『チェーホフのこと』から、かなり膨大な文章なので要約で伝えることをお許し願いたい。

「私にとって、メーリホヴォはオアシスのようなものだった。私が最初に訪れたのは、チェーホフがこの領地を買ってから一年近く経っていた。初め、地所は荒れ放題、邸は見る影もない状態だったが、労働者二人に力を借りただけで、後はチェーホフ一家総出で力をあわせ、邸に手を入れ、池を掘り、庭や菜園をつくりあげ、一年経ったら見違えるようになっていた。……

春になると、窓から白い花咲くリンゴの樹が見えた。邸には九か一〇の部屋があって、最初に訪れた日、チェーホフが家中を案内してくれた。一家がここへ来て一年しか経っていないのに、一家がずっとこの地に暮らしてきたような印象があった。……

私はメーリホヴォの家のことを話そう。なぜなら、それは、かつてあった姿をもう見られないからである、ヤルタ邸は博物館になって保存されているが。（桜井注・タチヤーナがこの文を書いた時代は過ぎて、現在はメーリホヴォも博物館として復元、保存されている。）

チェーホフ自身非常にメーリホヴォを愛した。メーリホヴォでは彼は全く平安に暮らしていた。モスクワで見たようなぼうとした、うつろな視線は一度も見ていない。メーリホヴォでは彼はもう観客ではなく、積極的な演出家だった。彼の生涯の最も明るい歳月はメーリホヴォに結びついていたのではないか。……彼自身書いている。

チェーホフの両親

「ここでは全てがミニチュアです。小さな菩提樹の並木、水槽みたいな大きさの池、小さな庭園、小さな木立――しかし、二、三度も通り過ぎてよく見たら、もう小さいという印象は消えて、非常に広がりがあるように見えます……」（一八九二年四月六日。スヴォーリン宛て）

……私はメーリホヴォへは普通、〝お客〟の居ない時に行った。夏にはチェーホフ邸は、呼ばれた知人や、呼ばれない人でいっぱいで、チェーホフの母もマリヤも居場所がないほどだった。チェーホフは仕事をするために、自分の小さな離れに逃げた。その仕事部屋はやっとデスクが入る位小さく、階下の寝室を、彼は〝魂のペーチカと〟呼び、ベッドには〝かもめ〟と書いていた。私は夏にはいつも外国旅行をしていた。……私はチェーホフの家族だけが居る時を狙って出かけた。彼はとても喜んでくれた、というのは、私が彼を愛し、彼の家族を愛し、その生活の仕方を愛していたからだ。……普通私の訪問の前に、私が持ってゆくべき物のリストが送られてきた。例えば「愛するターニャ、持ってきてくれないか。赤ワインを二瓶、スイスのチーズを一フント（注・約四〇〇グラム）。ソーセージを、普通のと燻製のと。プロヴァンスのバターを一フント。必ず持って来てください、さもないとあなた自身なにも食べるものが無いですよ。あなたを愛する修道僧より。」（一八九五年八月一一日）

チェーホフの両親はどこへも行かず、ここに住んでいた。マリヤは絶えず訪れていた。イワン、ミハイルの兄弟もよく訪れていた。

（タチヤーナはチェーホフの父や母と親密になり、よく話を聞いていてそのことも書いている。例えば、母から聞いた〝アントーシャ（アントンの愛称）〟の話。）

アントンがまだ学生の頃、母の所へ来て言ったのだ。

「ねえ、母さん、今日からマーシャの授業料は僕が払うよ。」（それまではどこかの慈善団体がはらっていた。）

その日から家では、全てがうまくいった。あの子は皆のために稼いで払ったよ、自分は目を輝かせてね。――と母は語った。

チェーホフの父は日記をつけていた、一日の出来事を一行で、簡潔に。例えば……

――一四．娘たちが森から鈴蘭を採ってきた。

――一五．マリューシカは〝ナリストゥニキ〟をうまく手に入れた。

――一六．牧童があっという間に殺された。

――一七．ミーシャが結婚した。

――一八．お客たちが来て、マットレスが不足した。

アントンが腹をたてる。

シャクヤクが花盛りだ。

等々。

マリヤはいつも領地で、特に庭園つくりに従事していた。細い体に朝から男用のブーツを履いて、白いプラトークを頭に巻いて現れる、そのプラトークの陰から瞳が輝いていた。一日中庭で、打穀場で働いていた、アントーシャが自分の仕事に集中できるように。アントンとマーシャのような、兄妹の友情をほかに見たことはない。マーシャはアントンの生活の妨げとなるような個人生活を拒否していた。マーシャにある時、求婚者が現れたが、彼女は兄の反対が目に見える形でなかったにも関わらず、断わってしまった。アントンが決して結婚しないと確信していたからだ。彼は晩年、健康状態が許さなくなった時に結婚したが、マーシャは一生を独身で過ごし、兄の死後、彼の記念に残されたヤルタ邸で全生涯を過ごした。

兄弟のうち、イワンは静かで、まじめな人だった。弟のミハイルは朗らかで、賢い人で、才能にあふれていた。彼は短編や戯曲を書いたが、一度も兄の栄光をねたんだことはなく、自分の〝無名〟で平然としていた。（後年、彼は雑誌「黄金のこども時代」を編集・出版していた。タチヤーナ・クペルニクとの友情は生涯続いた。）

メーリホヴォの生活は平和で、静かだった。アントンは仕事で忙しくない時、庭園で過ごした。彼は自分で木を植え、草を刈り、バラを育て、自分の庭を自慢していた。……私は庭師以外で、彼ほど花を愛し、知っている人を知らない。……

一八九〇年のサハリン旅行の後、彼は書いている。「……働かなくちゃ――後のことはどうでもよい！　大事なのは、公正であること、そうすれば他の事はうまくいくでしょう。」（一八九〇年一二月九日。スヴォーリン宛て）

そして、彼は働いた――しかも公正であった。彼は自分の政治的信条について言葉を弄しなかった。しかし例えば、ヨーロッパ中が〝ドレフィス事件〟で揺れた時、――彼はドレフィスの側に立ち、彼を弁護したゾラを支持し、長年友情の続いていたスヴォーリンやその新聞「新時代」の態度を許さなかった。……

どんなに彼が働いたか、まず医療の分野での仕事に触れないではいられない。

すでに見習い中に知り合ったチーキンの病院でしばらく働いた。メーリホヴォに移住した途端、彼が医者であることがその地域にひろまって、忽ち患者が押しかけて来て、忙しくなった。彼は村の患者たちに、薬を配って歩いた。一八九二年コレラ騒動が起こった時には、防疫要員として奔走した。ロシアの広範な地域に〝飢餓〟がひろまった時も、飢えた農民の救済に従事した。一八九二年、「僕が郡会で仕事をしている間は、僕を文学者と思わないで」と複数の友人に書いている。

……一八九〇年、自らの意思で、何の援助も受けずに、ひとりで流刑の地に赴き、その地にある過酷な現実を、膨大な報告書『サハリン』に結実させた。

メーリホヴォ近辺に学校を三つ建設した。故郷タガンローグの図書館や美術館に寄贈をした、「自分の名を言わないで」と念をおしながら（一八九六年発、手紙より）。……

そんな忙しい中でも、多くの作品を書いた。『隣人たち』、『六号病棟』、『百姓たち』、『無名氏の話』、『女の王国』、『黒衣の僧』、『大きいヴォロージャと小さいヴォロージャ』、『三年』、『アリアードナ』、『中二階のある家』、そして重要な作品『かもめ』が書かれた。……

私が彼とともに、彼の隣人シャホースキイの娘の洗礼親になった後、彼は私のことを〝クマー（おばさん、洗礼母のこと）〟と呼ぶようになった。その時、彼は「いたずらにあなたと共に名付け親になったのではない、でなければ、あなたが直ぐにでも僕と結婚したがるだろうから」と説明した（名付け親どうしは結婚できない決まりがあった）。

彼は万事私をからかったが、彼のからかいは、人の好さで腹を立てることが出来ず、私は心の底から笑った、アントンが、彼とよい関係にある相手だけをからかう事を知っていたから。私以上に、彼がからかったのはリーカだけだったと思う。

（チェーホフはタチヤーナを、〃偉大なロシアの女性作家〃と呼び、〃タチヤーナ・E - ヴァ〃というあだ名をつけた。二人で一幕劇を書くことを企てた事もあるが、出来上がらなかった。）

……

チェーホフがメーリホヴォを売りはらい、ヤルタへ移り住んだとき、私はまるで心臓の一部を抜き取られたみたいだった。あの時以来、あちらの方角には足を向けていない。」

タチヤーナが書いたチェーホフとの〃最後の出会い〃には胸を打たれる叙述がある。彼女の筆をかりることにしよう。

「チェーホフの晩年、モスクワで会うことは少なくなった。たまたま彼がモスクワに来ていて、私もそこにいた時だけ会えた。最後の出会いははっきりと覚えている。

私は彼に起こった変化に驚かされた。蒼ざめて、頬の落ちくぼんだ彼に往年の面影はなかった。背はまがり、何かのショウルにくるまって、咳をたえずしていた。……

彼の妻、美しい女優のオリガ・クニッペルはモスクワ芸術座なしでは居られず、芸術座は彼女なしでは居られなかった。それと共に、彼女は夫との別居に悩んでいた。チェーホフは冬ヤルタに住むことを医者に求められていたが、全てを捨てて、ヤルタに住むという彼女の提案は、アントンに拒否されていた。……一方チェーホフは絶えずモスクワに惹かれていた、彼の劇場があり、彼の戯曲があり、彼の人生があるモスクワに。……

私がチェーホフ宅に行った晩、クニッペルはどこかのコンサートに招待されていた。彼女を迎えに、白い胸板のある燕尾服を着て、香水を匂わせたネミローヴィチ＝ダンチェンコがやってきた。クニッペルは、華やかな夜会服に香水を匂わせて、チェーホフに『お利口でいてね』とやさしく囁いて、去った。

チェーホフは彼女を見送り、咳を初め、咳は長い間おさまらなかったが、それが止むと、メーリホヴォ時代の友情を思わせる陽気さに戻って、言った。

『ね、クマー……死に時だな。』

それ以後、私はアントンに会っていない。」

『愛について』――アヴィーロワの場合

一八九八年六―七月メーリホヴォで書かれ、同年八月発表された作品『愛について』原題名〝О любви〟がある。昔、若い時に読んでさっぱり感銘が残らなかった記憶がある。第一、題名と短編の内容がそぐわないというような、生意気な感想を持った記憶もある。今は若気の早とちりを恥じる気持ちである。まず、手短かにこの短編をなぞっておこう。

主人公アリョウヒンは教養人だが、今は自分の領地再建のため、汗を流し、百姓同然の生活を送っている。それは自分の教育のために父親が抱えた多額の借金を、領地を売るという方法でなく、自分の勤労で贖うという困難な途を選んだためである。アリョウヒンが恋をした相手は、近くの町に住む裕福な人妻アンナである。彼女は四〇歳も年上の夫に仕え、子供もあった。しかし労働と借金苦に追われ、読書も忘れ果てた主人公にとって、暖かく迎えてくれるその邸で癒しを得ると共に、彼女が慕わしい女性になっていた。アンナも彼に惹かれていた。いつしか夫の留守での訪問も、観劇を共にすることもありながら、二人は愛を打ち明けることなく何年も過ぎる。

主人公にとっては、彼女を今ある環境から引きだすのは、かえって不幸を招きかねないという危惧があり、行動に踏み出せず悶々と悩む日々だった。アンナもいつしか神経を病み、夫や子供を避けるようになってしまった。このジレンマ、二人の閉塞感を断ち切れたのは、夫の転勤という、全く外的な事情の為である。

アンナが夫の出発より先に、療養のためひとり南方に旅立つことになり、アリョウヒンは駅に見送りに行く。発車の鐘でとっさに彼女の車室に飛び込んだ彼は、思わず彼女を抱きしめ、彼女も彼の胸にとりすがる。二人は愛を告白しあい、接吻するが、同時にこれは別れの時でもあった。「私は彼女に恋を打ち明け、焼けただれるような痛みを胸に覚えながら、私たちの恋を妨げていた一切がどんなに不必要な、取るに足りないことだったかを理解しました。」このときアリョウヒンが得たのは次のような教訓である。

「恋をしてあれこれ思案するなら、世間で言う幸か不幸か、善か悪かより、もっと大切なものから出発すべきです。でなければ、はじめからなにも考えないことです。」

筆者の若き日の不満は、この教訓を引き出す為に、この小説がここまで書かれたのかという不満であったようだ。「アリョウヒンたちの悲劇は、当時どうしようもない環境にとりかこまれた時代の悲劇であり、それをチェーホフが描いたのだ」という理解に達していない者の不満だったと言えよう。

さて、この短編を時代の悲劇というより、わが事として受け取っていた読者のいたことを私たちは知っている。『わが生涯におけるチェーホフ』(一九四七年発行、一九八四年増補)の著者、リジヤ・アヴィーロワである。この著書の中で、彼女は書いている。チェーホフがこの年の「ロシア思想」八月号のことを手紙のはしに示唆していたこと、発刊と同時に購入して『愛について』をむさぼり読んだこと、読みながら涙し、しまいにははげしくむせび泣いたこと、そしてすぐさまチェーホフに手紙を——投函してすぐ後悔するような手紙を書いたこと、その返事にチェーホフは一言も咎めるような言葉を書かなかったことを記している。リジヤが書いた手紙は現存しないし、その中身を彼女自身も詳細に述べていないので分からない。ただ、彼女はアリョウヒンとアンナのことを我が事として疑ってもいないし、アリョウヒンの出した結論「もっと大切なことから出発すべきだ」は分からないと述べている。彼女も作家だった。作家として、小説を我が事として混同した彼女の手紙を、チェーホフが恐らく苦い顔をして読んだことは察せられる。しかし彼女の書いたことには触れず、さりげなく返

リジヤ・アヴィーロワ　1880年代

イワン・ブーニン　1900年代初め

事を書く。「あなたはミツバチに偏頗な判断をなさっています。ミツバチはまず、鮮やかな美しい花を見て、それからミツをとります。……その他のこと――無関心だの倦怠だの、有能の士が生き、愛するのはただ自分の想像の世界においてのみだということ――については唯一つだけ申し上げられます。――他人の心は計り難し、です。」（一八九八年八月三〇日、メーリホヴォ発）

イワン・ブーニンの証言がある。

「チェーホフの生涯には、果たして〝ロマンチック〟な盲目的な恋があっただろうか？　思うに、ない。そしてこれはすこぶる意味深いことである。疑いもなく、こんな恋を彼は熱望していた。彼は驚くほど女ごころを知っていたし、女らしさを、デリケートに強く感じとっていた。彼の頭の中で生まれる人物像の中には、魅力的な姿がいくつかあり、その多くを彼は愛していたし、彼ほど、婦人たちと語り合ったり、婦人たちに触れたり、精神的深みに入ることのできる人物はめったになかった。……」

（イワン・ブーニン、『チェーホフのこと』、一九一四年六月）

しかしブーニンは、一九三五年に発行された『ブーニン全集』第一〇巻に発表された同じ文の「生涯にせめて一度でいい、真剣な恋はあったのだろうか？　なかったと、思う。」に赤鉛筆で印をつけ、ページ下の余白にしっかりした筆跡で「いや、あった。アヴィーロワへの愛が」と書き込んでいた。従ってブーニン夫人の編集による同全集の一九五五年版では、「生涯にせめて一度でいい、真剣な恋はあったのだろうか？　なかったと、思う。いや、あった。アヴィーロワへの愛が。」と訂正されていた。

この改変は、一九四七年に発行されたアヴィーロワ著『わが生涯におけるチェーホフ』による。ブーニンは同書を読んで、「私のチェーホフ観もかわり、彼の中にあった何かが新たに少し見えた」と言い、「彼女とチェーホフの恋について、疑念すら抱かなかった」と述べた、数少ないひとりであった。

ブーニンは二人をよく知っていた。晩年のチェーホフのかたわらにあって、チェーホフと深い信頼に結びつけられていた彼は、リジヤ・アヴィーロワをもよく知っていた。しかし二人の関係は彼女の回想録が出版されて、初めて知る。この回想録が出たのは、彼女の死後数年経ってからだ。ブーニンは書いている、「彼女の沈黙は何年におよんだことか。生前は（私は何度かあっているのに）、自分の恋についてほのめかすことさえなかった。」

またチェーホフについても、こう書いている。「そう、チェーホフの孤独はとても深かった。

自分の病気のことを知り尽くし、アヴィーロワを愛し、彼女の身を案じた。愛しながらも彼女を護って、家庭を壊そうとはしなかった、彼女がどんなにいい母親か、知っていたから」と。

（以上の引用は、イワン・ブーニン『チェーホフのこと』五五年版より）

チェーホフは自分から、自らの恋を語る人ではなかった。真剣に思えば思うほど、寡黙になり、内にこもった。リーカ・ミジーノワの場合のように戯れるには、アヴィーロワへの恋は重く、真剣であったのだろう。

この秘められた恋の思いの一端は『愛について』に描かれているようだ。しかしチェーホフとアヴィーロワの場合、最後の別れはこの作品のようではなかった。

「……発車の鐘が聞こえて来ました。チェーホフは立ち上がりました。不意に私は発車まぎわの車内でのアリョーヒンとアンナの別れを思い出し……胸が早鐘をうち、なにかで頭をがーんと打たれたような気がしました。……

私はチェーホフが子供たちにどう別れを告げたのか見ていませんでした。しかし私には一言のあいさつもなく車内の通路へ出てしまいました。私はそのあとについて出ました。あの人は不意にさっと振り向くと、まるで怒ってでもいるようなまなざしで私を見すえました。『もしご病気になられても、僕は伺いません。……もうお目にかかることはありません。』

……私は、チェーホフの姿が窓のそばを遠ざかっていくのを見ていました。しかしあの人は振り向きもしませんでした。……その時、私は夢にも知りませんでした、想像もできませんでした、これがあの人の見納めになろうとは。……」

（これは一八九九年五月一日のことだった、という。

ついでにこの日は、チェーホフ一人のためにモスクワ芸術座が『かもめ』を上演して見せた日である。チェーホフはアヴィーロワに同席するように勧めたが、彼女は出発を決めていて、断ったのだった。この『かもめ』を上演した後、彼は第四幕の上演時間が長すぎるとして、「僕の戯曲は三幕までで終わって頂きたい。四幕の上演はお断わりします……」と言い、芸術座の面々（初演も終わり、シーズン中の成功に酔っていた――桜井注）を驚かせたと、オリガ・クニッペルが、回想記『夫チェーホフ』に書いている。）

チェーホフとアヴィーロワの文通は、この時から長く途絶える。ただし一九〇一年五月、彼がクニッペルと結婚したというニュースを知った時、アヴィーロワのとった行動は『愛について』に関わるが、これは後に書こう。

チェーホフとアヴィーロワの最後の別れを書いたが、リジヤの回想録は二人のそもそもの出会いから始まっている。

二人の最初の出会いは一八八九年一月二四日、「ペテルブルグ新聞」社主フデコーフ邸で始まる。フデコーフの夫人がリジヤの姉であり、常日頃チェーホフ贔屓《ひいき》の妹リジヤを、大勢の客が集う我が家に呼んだのである。その日リジヤは大きなお下げ髪をしていた。紹介されたチェーホフは、その見事なお下げ髪を褒めた。何となく並んで席に着いた二人。チェーホフは彼女が作家を志していることと共に、既に子持ちであることも知る。その時のチェーホフの言葉がいい。彼女の目を覗き込んで「あなたに坊ちゃんがおありなんですか？　そう？　そりゃいい！」……これから三年の月日が流れる。

一八九二年一月一日、やはり「ペテルブルグ新聞」の発刊二五周年の集いで再会。以前の出会いで感じた親近感を彼女は思い出す。チェーホフは今回も彼女の隣に席を占めて、言う。「三年前お会いしたとき、これが初めてでなく、何かお互いにずっと別れ別れになっていたのが、やっとまためぐり合えたというような気がなさいませんでしたか？」などと言う。とりとめのない会話の途中を、チェーホフに近づき挨拶する人々に中断されながら、食事は三時間ほどで終わった。リジヤの夫の嫉妬の眼差しは避けられなかった。リジヤは以後、チェーホフの手紙を〝局留め〟で受け取ることにした。夫は二人の文通を知っていたが、リジヤは自分の手紙も

チェーホフ　1893年

夫に見せなかった。……

（――チェーホフは彼女に限らず、文学を志す女性たちへの援助を惜しまなかった。一八九二年二月に始まるアヴィーロワ宛て書簡の多くで、彼女への文学上での助言が読み取れる。）

ある日姉に呼ばれて、姉の家に訪れると、チェーホフが来た。ほかのお客もいたが、チェーホフは彼女と並んで話し込む。突然切り出したのは「ところで、あなたはお幸せですか？」だった。不意をつかれた彼女は――夫、子供たち、家庭を抱える身で、人生はもう終わったような気がする……作家にはもう成れそうもない……これで幸せでしょうか？――と答える。

「それが、われわれの家庭の構成の異常なところですよ。それが婦人の依存性、従属性なのです。……いいですか、あなたの生活をお書きなさい。誠実に、ありのままにお書きなさい。自分のためでなく、ほかの多くの人々のために手をかす。――あなたはそうすることがおできになるはずです。……」とチェーホフは熱く答える。しかしこうも言う。

「今日は僕、どうかしています。……」「結婚するなら……妻には、そうだなあ、ひとつ屋根の下に暮らすまいと言うでしょう。……」

この日も夫からの使いで、リジヤは中座せざるを得なかった。

一八九五年二月のある夜、リジヤは夫の留守を知っていて、チェーホフを自宅に招く。しかし入念にした迎えの準備は、予期せぬ夫婦客の来訪でめちゃくちゃになる。予定外の訪問者は、夜遅くやって来たチェーホフをも、チャンスとばかりに質問攻めで悩ませた。疲れ果てたリジヤを見たチェーホフは、「……ご存知でしたか？　僕が真剣にあなたに心ひかれていたことを。この世で僕がこんなに愛せる女性は他にはいないと思いました。……でも、僕は知ってました。あなたは並みのご婦人ではない、あなたを愛そうと思ったら、生涯かけて清らかに、神聖に愛さなければならないと。……」などと言い残しながら、リジヤの原稿を持って早々に帰ってしまった。

……

リジヤは、デートの失敗、チェーホフの気分を損じたという後悔に駆られて、彼への贈り物を用意する。宝石商にでかけて本の形をしたメダリオンを注文し、その片面に『チェーホフ短編集』、もう一面に『二六七ページ、六行と七行』と彫らせる。それを送り主が判明しないように工作して、チェーホフの手元に渡るようにした。

チェーホフがその贈り物を受け取ったことを、リジヤは疑っていなかったが、チェーホフから何の便りもないことに、不安を抑えることはできなかった。……

そんなある夜、弟アリョーシャが来ていて退屈のあまり、スヴォーリンの劇場で催されている仮装舞踏会へリジヤを誘い出した。夜の一二時なので、夫は勿論同行しなかった。途中、小さな衣装屋に立ち寄って、彼女の着用する黒いドミノと仮面を手に入れる。劇場の大ホールは満員だった。(一八九六年一月二七日のことだった。以下、リジヤの記述を交えて、この夜の出来事を書いてみよう。)

「ホールに入ると、右手に、チェーホフが立っていました。目を細めて人々の頭越しにどこか遠くを眺めていました。護衛役だったアリョーシャはさっさと姿を消しました。私はチェーホフのそばへ歩み寄りました。

『お目にかかれてうれしゅうございます！』と私は言いました。

『あなたは私をご存知ありますまい、仮面のお方』と答えて彼はじっと私をみつめました。興奮とあまりの思いがけなさに私は身を震わせました。おそらく彼はこれに気づいたのでしょうか？　一言もいわず私の手をとり、腕を組むと踊りの輪に私を連れていきました。彼も無言、私も無言でした。私たちの傍をネミローヴィッチ＝ダンチェンコが踊り過ぎてゆきます。『エヘへ！』彼はチェーホフに言いました。『早いとこ、つかまえましたな！』チェーホフは私のほうに身をかがめ、ささやきました。『もし、呼ばれても、振り向いちゃいけません、尻尾を出しちゃ駄目ですよ。』

『ここでは誰も私を知りませんわ。』……

『振り向いちゃいけませんよ！　のどがかわきませんか？　ボックスへ行ってシャンパンを飲みましょう！』……（二人は階段を上り、人影のない廊下へ出た。）

『ネミローヴィチがあなたのお名前をよびはしないか、あなたがなにか尻尾を出しはしないかと、僕はひやひやしましたよ。』

『で、あなたは、私が誰かおわかりですの？　誰？　おっしゃい！』私は彼の腕から自分の手を引きぬいて、立ちどまりました。

『ご存知ですか？　ちかぢか、僕の戯曲が上演されます。』

『存じております。「かもめ」でしょう。』

『「かもめ」です。初日にいらして下さいますか？』

『参りますわ。必ず。』

『じゃ、よく注意していて下さい。僕は舞台からあなたにお返事します。ただし、よく注意していて下さい、忘れずにね。』彼はふたたび私の手をとって、自分の体に押しつけました。

『何のお返事をくださるの？』

『たくさんのことの。しかし、耳をすまして、しっかり聞きとってくださいよ。』（二人はシャンパンを飲みながら話を続ける。）

『わかりませんわ！　一体どうしてあなたは舞台から私になにかおっしゃれるのでしょう？そのセリフが私にあてたものだということが、どうしてわかりますの？　それに、第一、あなたは私が誰か、ご存じないじゃありませんか？』

『大丈夫、あなたはおわかりになりますよ。……』（チェーホフは彼女に仮面を取るように促したが、彼女は取らなかった。人ごみの中でも、この問答は繰り返し続く。）

『僕はあなたを存じません、仮面のお方。』

『お分かりにならないのなら、やっぱりあなたは私をどなたかと取り違えていらっしゃるのですわ。……』

『あらゆる場合を考えてそう言ったのです。もしあなたが、僕のもうしあげたい方と違っていたとしても、たいしたことはありません。……』

『では、あなたは誰に話したかったとおっしゃるの？』彼は振り向きました。

『あなたに！』

『じゃ、どうしてあなたは私を知らないとおっしゃるの？』

『知っていますよ、あなたは女優で、今すばらしい演技をしていらっしゃる。』

『では、よくよく注意して、聞き耳をたてていなければならないのは、その女優ですのね？』

『あなた、ですよ！』……」

（とうとう彼は、彼女が女優だと言ったのだ。結局リジヤは仮面を取らずに帰った。「私はヤヴォールスカヤ？　舞台からあのひとは、ヤヴォールスカヤに返事するのかしら？」と考えながら……。）


一八九六年一〇月一七日、ペテルブルグのアレクサンドリンスキイ劇場での『かもめ』初演の日。（これはチェーホフにとっても痛恨の日だった。）

いつも同行する夫は一枚の切符をリジヤに渡して、行ってくるように送り出してくれた。リジヤは第一幕の不首尾に呆然としていた――ニーナのモノローグは異様な騒ぎに遮られていた。ニーナ役のコミサルジェーフスカヤは懸命に声を張り上げていた。幕間は大騒ぎで、作家チェーホフへの嘲笑などが聞こえてきて、彼女は体を硬くして席も立てなかった。二幕からまた始まる舞台からのせりふに耳をすませていた彼女は、すでに「舞台からの返事というのは。どうやらチェーホフの冗談だったらしい」と思い始めていた。ところが……舞台では、ニーナがトリゴーリンにメダリオンを渡して言っているではないか。

「あなたのイニシャルを彫らせましたの、こちら側にあなたのご本の題を。……」

トリゴーリンはメダリオンを仔細に眺めながら、裏を返して読む。……「百二十一ページ、十一行と十二行」、彼はそのページと行を数え、小声ながらはっきりと読んだ。

「もしいつか、わたしの命がお入り用になったら、いらして、お取りになってね。」……

リジヤはこのページと行を覚えて帰って、チェーホフの本を探すが、思うような言葉を見つけられず、ついに自分の本の中のページに「若い娘が仮装舞踏会などに行くものではありません」という行を発見する。……

「これが返事だったのだ！　実にたくさんのことへの返事だった——メダリオンを送ったのは誰か、仮面のひとは誰だったのか、ということの。あの人はなにもかも推察していた、なにもかも知っていたのでした。」

仮装舞踏会に始まり、『かもめ』上演の夜に終わるこの章、まるでこれは、リジヤが辻褄をあわせて書き上げた物語とも言える面白さだ。しかしチェーホフが『かもめ』に書いたメダリオンの話は、アヴィーロワ以外の誰からも聞こえてこないのだから、チェーホフがアヴィーロワの贈り物からヒントを得たことは疑いない。この事実と、舞踏会での二人の仮面を隔てた会話の面白さ、言い古された「事実は小説より奇なり」なのか？

この回想録のなかで、もうひとつのクライマックスをつくっている出会いは、一八九七年三月の出来事である。彼女のモスクワ来訪を機に会おうと言って、チェーホフはモスクワのホテル滞在日程を知らせる。彼女は約束通りホテルを訪れたが、彼は不在だった。

彼女が二日後に知ったのは、折り悪く彼が大喀血をして、病院に収容されていたことだった。実は、長年本人が認めたがらなかった肺患で、〝面会謝絶〟という重症だった。チェーホフ本人のたっての希望で〝三分だけ〟の面会を許されて、彼女は病床の彼と会う。会話も医者に制止される中で、彼はもう一度会うために、「ロシア思想」出版から校正刷りを取って、翌日持ってきてくれるように彼女に頼む。チェーホフの個人史でも重要なこの危機に、病床でもとっさに口実を考え出した作家の熱意と、これに応える彼女。その出会いの前後に激しく動くリジヤの心情が吐露されているページに、二人の奇なる人生が読めて感銘深い。

停車場での別れから何年か。チェーホフがモスクワ芸術座の女優オリガ・クニッペルと結婚したニュースを聞いた時、リジヤは思わずくらくらとなって座り込んでしまった。……〈不釣合いな〉カップル、という噂も聞こえてくる。……

「私はアントン・パーヴロヴィチにお祝いが言えるか。言う必要があるだろうか。心の底から、彼の幸福と健康を祈ることが出来るだろうか。そうしたかったけど、決心がつかなかった。……」

「一〇年にもなる曖昧で緊張した関係。この曖昧さに彼は二度、終止符を打とうとした。一緒になるか、きっぱり別れなければと。でもじっくりと話し合う機会もなかった。病気が邪魔をしていた。私の家庭という事情以外にも、病気という壁が私たちに立ちはだかっていた。……」

チェーホフが尚もリジヤに対する「暖かい気持ち」を持っていると、ある人から聞いた後、クニッペルはモスクワにいて、彼ひとりヤルタにいると知って、リジヤは一計を案じる。『愛について』そっくりのシチュエーションを彼女は利用した。

共通の友人アンナから、アリョウヒンに渡して欲しいと頼まれたと書いて、「アンナの手紙」を別封にして、チェーホフに送る。

勿論「アンナの手紙」の中で、チェーホフの幸せを心から願っている、「あなたも幸せなのか、どうか知りたい」と書いた。

「低くお辞儀をして、お手紙にお礼申しあげます。僕が幸せかどうか知りたいのですね。まず僕は病人です。しかもいま重病なのを知っています。これでいかようにもご判断ください。お手紙にとても感謝します、とても。……

僕はいつもあなたの幸せを願っていた。そしてあなたの幸せのために何かできるなら、僕は喜んでそれをしたでしょうに、でも出来ませんでした。

しかし幸せとは何？　誰に分かるのでしょう？　少なくとも僕は自分の人生を振り返って、幸せを感じたのは、これ以上の不幸せはないと思われた、そういう瞬間でした。

もう一度お礼を申し上げ、ご多幸を祈ります。

アリョーヒン」

これがチェーホフの返事だった。チェーホフ書簡集には署名はアリョーヒンのまま、日付は一九〇一年五月二五日以降九月までとして収められている。

一九〇四年二月一四日アヴィーロワに宛てたチェーホフの手紙には次のような言葉がある。

「……ごきげんよう、陽気でいてください。人生をあまり難しく考えないで——多分、それはずっとずっと単純なものなのです。それにわれわれの計り知れない人生など、わがロシアの英知がさんざん考え古した一切の苦悩の思索に値するものか、どうか――これはまだ疑問ですよ。……」

リジヤは何百回となくこの手紙を読み返した、と言う。「このチェーホフの新しい心境はどこからきたのか？『人生はもっと単純なもの、苦悩の思索には値しない……』私には、あの人が過去の自分を振り返って、苦笑を浮かべているように思えるのでした。うまく生きてこなかった、うまく考え、うまく感じてこなかった。無駄な人生だった、と！」

リジヤの回想録はこの行で終わっている。

筆者はこの彼女の最後の行に、すこし違和感を覚える。確かに彼女がこれをしたためたであろう一九三〇年代はチェーホフが最も評価されなかった時代だった。それにしても「無駄な人生だった！」とは。でも、「それが人生ですよ」とチェーホフ自身が言っているのだが。……

『かもめ』初演のあとさき、友人たち、女性たち

一八九五年チェーホフはメーリホヴォの離れで、『かもめ』を仕上げていた。

一〇月二一日スヴォーリン宛て手紙。

「……まあどうでしょう、戯曲を書いています。……一一月末より早くは仕上がらない。恐ろしく舞台の約束に外れているのですが、いささか満足して書いています。喜劇、三人の女の役、六人の男の役、四幕、風景（湖の景色）です。たくさんの文学談義、事件は少なく、五プード（八〇キロ）の恋がある。……」

一一月二一日、同じくスヴォーリン宛て。

「戯曲はもう書きました。フォルテで始まり、ピアニッシモで終わる――ドラマ芸術のあらゆる法則に反して。中篇小説ができました。どちらかと言うと私は不満足です。自分の戯曲を読みながら、もう一度確信しました、私は全く劇作家ではないと。……これはまだ骨組みで、来シーズンまでには百万回も変わるでしょう。……あなただけに送ります。誰にも読ませないでください。」

ポターペンコは、前稿「『アリアードナ』と女たち、リーカ・ミジーノワの場合」に登場した作家だが、チェーホフとは一八八九年オデッサで知り合い、後モスクワで、ペテルブルグで作家仲間としてつきあい、チェーホフのメーリホヴォの常連客でもあった。メーリホヴォでは家族みんなが集う夜、リーカと共に彼もピアノを弾き、歌ったと、彼自身回想記（『チェーホフとの月日』、一九一四年）に書いている。チェーホフ没後一〇年にして、やっと書いた回想記である。

この回想記の最後の四分の一は『かもめ』初演に当てられている。ペテルブルグの帝室アレクサンドリンスキイ劇場での初演が見込まれた時、チェーホフは検閲官との折衝を彼に託したのだ。チェーホフにはペテルブルグに知人が多くあり、彼に好意をいだく人も少なくなかったし、何より彼の作品の主な出版主であり、彼のパトロン的存在だったスヴォーリンもいたが、他ならぬ検閲官との折衝を長年の友ポターペンコに委ねたのである。

『かもめ』の最初の読者であるスヴォーリンが懸念してチェーホフに言ったらしい――作中のトリゴーリン役に、ポターペンコとリーカのロマンスが描かれていないか、と。

しかしチェーホフの返事（一八九五年一二月一七日）はきっぱりしている。

「僕の戯曲（『かもめ』）は上演なしでは失敗でしょう。もしもポターペンコの描写に似たものがあれば、勿論、戯曲は上演も出版も出来ません。」確かに、戯曲を読めば、作家トリゴーリンにはチェーホフ自身の投影と見られる部分が数多く見られる。

ポターペンコは書いている。

「全く新しい革新的な戯曲。この戯曲が、わが演劇界に理解され、受け入れられるという望みはまだ少なかった。

しかしこの作品の芸術的価値は明らかで、表現は新鮮、オリジナリティに充ちており、人間生活の描写はあまりにも素朴で、何かしら内的な優雅さに充ち、特別なチェーホフらしさがあった……この彼一人が知る『チェーホフらしさ』の秘密は誰一人にも明かすことなく、墓までもち去ったが。……

私自身は『かもめ』に感嘆したけれど、チェーホフとは論じ合った。舞台には求められる約束ごと、条件があり、それを守って書くことを欲しないなら、舞台を用いるべきでなく、その表現のために他の文学的手法で表現すべきだと、私は言った。

しかし彼はいつものように反駁し、主張した。

『どんな筋書きも要らない。人生には、筋書きはない。そこでは、深遠なものと滑稽なもの、偉大なものと卑小なもの、悲劇的なものと滑稽なものが、混じりあっている。結局あなたがたは、まるで催眠術をかけられたみたいに、麻酔を打たれたみたいに、旧習にまみれ、それを棄て去れないのだ。新しい形式が、新しい形式が必要なんだ。……』

この最後のせりふは、『かもめ』でトレープレフが繰り返し言う。

結局、彼は自分の確信で動かした。私は『かもめ』の芸術的達成がアレクサンドリンスキイ劇場の不屈な観客を征服するだろうと、思いはじめた。」

しかしこの戯曲の運命はそんなに甘くはなかった。

不運の一つは、この初演が喜劇女優レフケーエワの祝儀興行で計画されたことにある。レフケーエワは登場するや否や笑いを呼ぶこと、滑稽さを求められる女優だった。当夜のお客は、レフケーエワ目当ての客で、いつものアレクサンドリンスキイ劇場のお客ではなかった。それに『かもめ』に彼女の役は無かった。

第二に、俳優たちには『かもめ』が理解しがたく、稽古は捗らなかった。最初の稽古に作者は居なかった。……ある日、俳優たちの気づかぬうちに、暗いホールに作者が座っていた。一時間半座っていて、作者は出て行った。初演の五日前だったが、半数の俳優が台本を手にしていたし、何人かの俳優は舞台に現れず、演出助手がせりふのきっかけを読んでいた。演出家が「恥ずかしくないのか」と叱ったが、ベテラン俳優は答えた。「ご心配なく、私は自分の役を心得ております。」

チェーホフはこれをレパートリーから下ろすことさえ考えた。

一〇月一二日妹のマリヤ宛、チェーホフの手紙。「……今のところ『かもめ』は面白くない。ペテルブルグは退屈だし、シーズンは一一月に始まる。至るところ、悪意、くだらなさ、嘘っぱち。通りは春の日ざしかとおもえば、靄だ。芝居はしずかに進行しているが、しかめ面をしている。だいたい気分がよくない。……」その前にポターペンコに言及し、彼の変容ぶりを伝えている。「彼は新しいアパート（年一九〇〇ルーブル）に移った。……彼自身、年をとり、歌わない、飲まない、退屈している。『かもめ』には自分の家族と共に見に来る。」

一〇月一五日、マリヤ宛て。「……『かもめ』は一〇月一七日上演。コミサルジェーフスカヤはすばらしい演技をしている。ニュースはない。僕は健康だ。」

女優コミサルジェーフスカヤをこの時までチェーホフは知らなかった。

この手紙について、ポターペンコの回想で補いたい。

一〇月一四日のこと。チェーホフは稽古の初めから出席していた。いつものごとく、いわく言いがたい進行状態だった。……

「コミサルジェーフスカヤの登場で、舞台が急に光を当てられたみたいに輝いた。真にインスピレーションに充たされた演技だった。

終幕、ニーナがトレープレフを訪ねてくる夜の場面、女優はこれまでにない高みに到達していた。ホールに観客はなく、しかしチェーホフただ一人がいた。彼女は彼一人のために演じ、彼を魅了した。この稽古には、なにかしら厳《おごそ》かな、晴れがましささえあった。疑いもなく奇跡があった。これまでの稽古でチェーホフが味わっていた憂鬱な気分が、吹っ飛んでいた。……」

アレクサンドリンスキイ劇場の俳優は条件さえあれば、高みに登れることを見せたのだ。

しかしこの奇跡は繰り返されなかった。ゲネプロ（初演前夜）には何か不分明なものが舞台を支配した。全ては流れていったが、青ざめて、灰色だった。……

その夜、ポターペンコはアントン・パーヴロヴィチと夕食をとったが、相手はもう失敗を予見し、神経を尖らせていた。モスクワから妹マリヤともう一人身近な人（リーカ）が来たが、出迎

ヴェーラ・コミサルジェーフスカヤ。『かもめ』のニーナ・ザレーチナヤ。アレクサンドリンスキイ劇場　1896年

えたチェーホフは「何故来たのか」と不満を表明した、まるで彼自身の責任ででもあるかのように。

初演の夜の惨めな状態は述べるのに苦痛をおぼえる。幕開き、最前列の客は舞台に背を向けて、大声で話しあい、笑いあっていた。舞台上の俳優に影響を与えないとは考えられない状況だった。劇中劇が始まるや、笑い声と制止する声が客席にまきおこり、ニーナ役のコミサルジェーフスカヤはいっそう声を張り上げる。幕が下りたときは、拍手と口笛が同時におこり、幕間の客席とフォワイエのそこここで、作者チェーホフの名が聞こえて来た。流行作家への嫉妬も働いたか、「書かでもの」戯曲を披露したことへの批判を、声高に言う人もいて、リジヤ・アヴィーロワを辛くさせたことは前に書いたが、この夜の観客には、日頃芝居を見慣れない女優レフケーエワ贔屓のお客の他に、チェーホフの新作を見に来た作家たち、評論家もいたのだ。終幕でニーナがソファの白い覆いを身にまとい、モノローグを繰り返し始めると、げらげら笑い声をあげた観衆がいたと、アヴィーロワが書いている。幕が下りても作者を呼ぶ声はなかった。それより外套預かり場や出口付近では、「作者は逃げた」と声高に噂されていた。

妹マリヤやリーカと約束したレストランへ、チェーホフは現れなかった。マリヤの頼みで作家の所在を探しまわったスヴォーリンは、夜二時、自分の持ち家の階上の一室（チェーホフ滞在中の部屋）に彼を発見した。チェーホフは妹には会わず、明朝発つと言った。

実際、翌日一二時に、チェーホフはポターペンコと、スヴォーリン家の使用人一人に、駅で見送られてモスクワへ発った。

一八九六年一〇月一八日朝に、チェーホフが託送した三通の手紙を、手短に書いておこう。

スヴォーリン宛「……昨夜のことを僕は絶対忘れない。しかし僕はぐっすり寝て、さっぱりして帰るよ。……」

マリヤ宛「メーリホヴォへ帰る。昨夜のことは、そんなに僕を悲しませてはいない。だって僕はもうそんなに拙いことだとは思っていないから。……」

弟ミハイル宛「戯曲は音をたてて崩れた。劇場には疑惑と恥の重苦しい緊張があった。俳優たちは拙い馬鹿げた演技をした。／教訓・戯曲なんか書くな。／ともかくも僕は元気でいるよ。……」

遠くにいる弟には遠慮のない言葉を使っている。

チェーホフは一七日の初演の夜、二幕目からは楽屋に居て、終幕後一人で街へ出ていったのだ。

一八九六年一〇月二二日、スヴォーリン宛「……君は僕の事をおじけづいたと言ったそうだね。どうしてそんな中傷を言うの。芝居の後、僕はロマノフのところで食事をし、それからぐっすり眠り、翌日家へ帰った。……確かに自尊心は傷ついた、しかしこれはもう覚悟していたことだ。君に本心から予告していたことだ。……

自分の家に帰って、ひまし油を飲み、冷たい水で顔を洗って――今はもう、新しい戯曲を書こうかという気分だ。……」


ポターペンコは初演を見ていない。ゲネプロと、二日目、三日目の公演を見ている。二日目には、もう常のアレクサンドリンスキイのお客たちが座っていて、静かにこの新しい戯曲の舞台を見て、耳を傾けていた。ポターペンコは大半のお客には受け入れられたと感じ、チェーホフに「成功」と電報を打った。その証拠は『かもめ』が劇場のレパートリーに入ったことであろう、程なく打ち切られはしたが。

チェーホフはこの戯曲の印刷を止めたが、すぐに需要が多いことを知って出版をした。

一一月二〇日、ネミローヴィチ＝ダンチェンコ宛てチェーホフの手紙。「僕の『かもめ』はペテルブルグの初演で、大失敗だった。劇場は悪意にみち、憎しみで息苦しかった。ご存知の通り、僕はペテルブルグから飛び出した、弾丸みたいに。これに罪があるのは君とスムバートフだ、だって君たちが僕に戯曲を書かせたのだからね。

君のペテルブルグへの反感はわかるが、やはりいいものがたくさんあったよ。例えばネフスキイ通りの晴れた日、あるいはコミサルジェーフスカヤ——彼女はすばらしい俳優だと思う……」

この手紙の他にチェーホフは何人かの知人にコミサルジェーフスカヤのすばらしさに言及している。チェーホフが女優として褒めているのは、モスクワ芸術座の稽古で見たオリガ・クニッペル。この女優と並ぶのがコミサルジェーフスカヤであろう。以下、チェーホフとコミサルジェーフスカヤのことについて書きたい。

『かもめ』の初演後、コミサルジェーフスカヤはチェーホフにペテルブルグ来訪時に会ってくれるよう頼んだが、彼の都合でそんなに早くは出会いが実現しなかった。チェーホフの書簡集には彼女宛の手紙一〇通が遺されている。一つ面白い手紙を見つけた。

一八九八年一一月二日。「あなたは私に、なさって、なさって、なさって、なさって下さい、と書いているが、私は書く、あなたはいい人だ、いい人だ、いい人だ、いい人だ……一〇〇〇回書きます！　私は故郷のタガンローグへ行くことがあれば、ロストフ・ナ・ダヌーへ寄って、ドクトル・ワシーリエフに会いましょう。彼についてはもう聞いたり、読んだりしました。急ぎません、第一に、今ロシアは寒いから。第二に急ぐ必要がないから。僕の病気はそんなに悪くはないし、新聞はもう彼に反駁していますから。

……ヤルタへあなたの写真を送ってください。……あなたの手紙は僕の心を打ちました。心から感謝します。どんなに感謝しているか、お分かりにならないでしょうが。……」

実は一八九八年九月二二日の新聞にドクトル・ワシーリエフの「新しい結核の治療法」が紹介されたので、コミサルジェーフスカヤが「……ご自分のために、他の人間のために、そのドクトルのところで治療をなさって下さい。なさって、なさって、なさって、……」と書いた手紙への返事であった。

ヴェーラ・コミサルジェーフスカヤ（一八六四―一九一〇）は有名なオペラ歌手の娘。劇場の雰囲気の中で育ち、音楽・文学への興味と愛の中で育った。一八九一年からアマチュア劇団の舞台に立ち、一八九六年アレクサンドリンスキイ劇場に登場してから、『かもめ』のニーナ役などで、観客の注目を集めた。モスクワ芸術座が『かもめ』上演に成功するまでの二年間、ニーナの役を演じた。チェーホフ戯曲の深い意味を捉え、作者の繊細な手法をとらえ、優雅に表現できたことで、チェーホフにも評価されていたのだ。チェーホフ作品では後に『イワーノフ』でサーシャ役を、『ワーニャおじさん』でソーニャ役を演じている。

二人の出会いは一九〇〇年八月初めに実現した。彼女がヤルタに滞在、二日間彼と会っている。コミサルジェーフスカヤの手紙。「……グルズフでお会いできて、うれしゅうございました。〝やはり〟もういちど、さよならを言いたいです。何故ならあんなにもお会いしたかったのに、あなたとお話し足りなかったのを残念に思っています。お会いしたらいっぱい質問をして、自分も何かを言いたかったのですが、そうはいかなかった。あなたはずっと〝ためらいがち〟にお見受けしました。私に原因があるのかしら。……でも結局あなたから、たくさんのいい感じを頂きました。お願いします、どうぞいつまでも私と心を開いてお会いくださいますように……」

一九〇三年一月、コミサルジェーフスカヤの手紙。「ペテルブルグで劇場を開くことにしました。私の友人たちは馬鹿げていると言いますが、私はそうは思いません。私はいまエネルギーと情熱に溢れています。……私は進みます、一人で進みます、信じるところに従って……」

彼女は一九〇二年秋、アレクサンドリンスキイ劇場を去って、コミサルジェーフスコイ劇場を創設した。(この劇場は現在も、テアトル広場に存在して活動している。) ゴーリキイの『別荘の人びと』(一九〇四年)、『太陽の子』(一九〇五年) の初演は、演劇界の事件となった。

コミサルジェーフスカヤは自分の劇場のために、チェーホフの戯曲を欲しがり、チェーホフも彼女に応えたかったが、彼の健康状態のため、なかなか叶わなかった。しかし、チェーホフの書簡集を読んでいると、モスクワ芸術座のために書いているはずの戯曲の執筆時に、芸術座の連絡係オリガ・クニッペルの他に、コミサルジェーフスカヤに戯曲の進行状況を知らせたり、出来上がったら送ると約束している。例えば一九〇〇年一一月には『三人姉妹』のことで、一九〇二年一月には、まだ題名も確定しない『桜の園』のことで手紙を書いている。もし、モスクワ芸術座のペテルブルグ公演が実現しない場合は、コミサルジェーフスコイ劇場で上演することを作者自身望んでいたのだ。これらチェーホフの最後の戯曲は二つともモスクワ芸術座がペテルブルグで公演し、チェーホフの約束は果たせなかった。

（コミサルジェーフスカヤは一九一〇年、タシケントで公演中に発病、逝去した。）

チェーホフの友人たちの多くが、この『かもめ』にモデルとして登場している。例えば小さな例として、マーシャがかぎタバコを用い、ウオッカを飲むのは、女優のヤヴォールスカヤからと指摘する人がいる。アルカージナがトリゴーリンをくどく場面は、ヤヴォールスカヤの舞台の演技を思わせることは前に述べた。

リーカとポターペンコの事件は、外形が利用されている。初演の日、リーカはマリヤと並んで舞台を見ながら涙したという。あれは僅か一、二年前の出来事だった。ただし、彼女の子供はまだ死んではいなかった。固唾をのんで舞台を見つめた女性は、チェーホフにメダリオンを送ったアヴィーロワだけではなかった。

三幕、トレープレフが頭に包帯を巻いた姿で現れる。自殺に失敗したのだ。これはチェーホフの友人、画家レヴィタンに実際あった事件が誰にも連想できた。チェーホフの弟ミハイルの叙述によれば、一八九五年のこと。どこか北方の湖に面した別荘地で暮らしていたレヴィタンが複雑なロマンスのもつれから、結果として自分が撃たれるか、それとも自殺を企てるか、どちらかを選ばねばならぬ破目になった。自分の頭を狙い、撃ち損じた。弾は頭の皮膚をかすめただけだった。事件の当事者たちは驚いて、レヴィタンの友人であり、医者であるチェーホフに電報を打って、治療を頼み、アントンはいやいやながら出かけた。帰ってきたアントンは弟に語った。頭に黒い布を巻きつけたレヴィタンが出迎えて、婦人たちとのいざこざを説明した後、その黒い布を自分から取って床に投げ捨てた。それからレヴィタンは銃を取り、湖のほうへ出ていった。帰ってくると、訳もなく撃ち落したかもめを彼女の足元に投げ出した、というのである。(ミハイル・チェーホフ『チェーホフの周辺』より)

撃ち落されたかもめのイメージは、チェーホフとレヴィタンが連れ立って出かけた〝山しぎ〟撃ちにも関わっている。レヴィタンが一羽の山しぎを撃ち落したが、羽を撃ちぬいただけで、鳥はまだ生きていた。「早く殺してやってくれ」とレヴィタン、「僕はいやだよ」とチェーホフ。画家と作家が譲り合う間も、傷ついた鳥はつぶらな目をあげてふたりを見ている。「画家の頼みを聞いて、とうとう鳥を殺さなければならなかった。……美しい愛すべき生き物が一つ少なくなり、一方ふたりの馬鹿者は、家へ帰って夜食の席に着いた。」(一八九二年四月、チェーホフより、スヴォーリン宛手紙)

マーシャを慕いながら、何時も少ない給料のことを愚痴っているメドヴェジェンコ。貧しい教師たちはいつもチェーホフ短編の題材にもなっているが、チェーホフ自身メーリホヴォに住むようになった時、身近に教師たちを見かけて同情を感じていたようだ。

『かもめ』は現在も上演され続けている興味尽きない作品であるが、筆者はあえて作品の内部に立ち入らず、ペテルブルグにおける初演や、チェーホフの周辺のみをさまよってきた。作品そのものについては別稿に譲りたい。

チェーホフとオリガ・クニッペル

二人の出会いは一八九八年九月九日と一一日、チェーホフが『かもめ』の稽古に加わった時に始まる。この年発足したばかりの芸術座の稽古場に現れた作家を、ネミローヴィチ＝ダンチェンコをはじめ俳優一同が心躍らせて出迎えた。クニッペルはこの日のことを後に、『夫チェーホフ』で次のように回想している。「そしてそこに、がらんとした、まっくらな平土間に、私たちみんなの愛する〝魂〟が座っている、そして私たちの声を聞いていると感じるのは、ほんとに嬉しいことでした。」

すでに有名な作家であったチェーホフは、一〇月同座の『皇帝フョードル』の稽古をみて、スヴォーリンに次のような手紙を書く。

「イリーナ（クニッペルの役）が僕には素晴らしかった。声も、上品で心のこもった態度も――とてもいい。のどがむずがゆくなるくらいに。……もし僕がモスクワに居残っていたら、このイリーナに恋をしていたでしょう。」（一八九八年一〇月八日）この時チェーホフは、まだクニッペルを役の名で呼んでいる。

当時「モスクワの開かれた芸術劇場」を名乗っていた芸術座は一〇月一四日の『皇帝フョードル』で幕を開けた。『かもめ』は一二月一七日が初日、ペテルブルグでの不評とうって変わって、カーテンコールが繰り返され、観客が作家に電報を打つように要求するほどの好評を博した。この日チェーホフの妹と弟のみが客席にいて、本人はヤルタだった。翌日、妹マリヤは兄に手紙を送り、殊にオリガのことを「とてもとても愛らしい俳優のクニッペル……目をみはるほど才能が豊かで、彼女を観たり聞いたりしているだけでうっとりします。」と報告している。（一二月一八日）

その後、モスクワにいたマリヤは同郷人の俳優ヴィシネフスキイの紹介で、兄より早くクニッペルと知己になっている。チェーホフ自身は、翌年五月五日クニッペルにメーリホヴォ邸の写真を送り、「『かもめ』が執筆された僕の家。……僕のよき思い出とともに。」と書き添えている。つまりメーリホヴォを訪れ、メーリホヴォへの招待をほのめかしていたのだ。実際クニッペルは五月二九日から三日間メーリホヴォを訪れ、並々ならぬ印象を持ち帰った。「すべてがくつろぎと、質素で健康な生活に息吹いていて、……お母様は魅力的な、もの静かなロシア夫人で、ユーモアにあふれ……チェーホフもほんとにうれしそうに、はしゃいで、自分の〝領土〟を、池や菜園、花壇をみせてくれました。……心づくしも、やさしさも、居心地のよさも、冗談と機知にあふれたおしゃべりも……素晴らしい予感と喜びと太陽にみちあふれた三日間でした。」

この後、クニッペルがカフカースへ旅行した先へ、チェーホフは手紙を書く。「あなたはどこにおられるのです？……作家は忘れられた――ああ、何と恐ろしいことだ、残酷なことだ！」

（一八九九年六月一六日）翌日、マリヤがクニッペルに書いた手紙の後に書き添える。「こんにちは、僕の人生の最後の一ページさん、ロシアの大地が生んだ偉大な女優さん（桜井注・「ロシアの大地が生んだ偉大な」という形容はツルゲーネフがレフ・トルストイに向けた形容を借用している）、僕はあなたに毎日会えるチェルケス人が羨ましい。……作者」

彼女が寄こした手紙への返事。「……バトゥミからヤルタまで一緒に行こうというあなたの提案は魅力的ですね。僕は行きます。……」結局七月一八日、ノヴォロシースクから、ヤルタまでの航路で落ち合い、ヤルタに到着する。折からチェーホフは、メーリホヴォの売却を考え、ヤルタに邸を新築中。二人はヤルタでは別々の宿舎に滞在し、時々散歩を共にし、八月二日二人は鉄道でいっしょにモスクワへ帰る。モスクワではチェーホフは少なくとも二回、母と同居しているクニッペルの家を訪問している。

一八九九年一〇月二六日モスクワ芸術座は『ワーニャおじさん』を初演。ヤルタにいたチェーホフには翌日の晩から電報が殺到する。電報は電話で伝えられるため、その度にチェーホフはベッドから裸足で電話口へ走らねばならなかった。もう頻繁に書簡を交わしていたクニッペルにこのことを書いている。

一九〇〇年三月末、まだ芸術座の『かもめ』も『ワーニャおじさん』も見ていない作者のために、芸術座のクリミヤ四月公演が予定された。クニッペルはマリヤと共にまだ受難週のうちにヤルタのチェーホフ邸に出かける。前年夏に新築なったばかりの邸でチェーホフ自身庭の手入れをする傍らで、彼女は静かで心地よい一週間を過ごした。四月一〇日からセヴァストーポリで、四月一四日からヤルタでの芸術座公演が始まり、とりわけヤルタ公演の日々はチェーホフ邸には芸術座一行と、ゴーリキイやブーニンたち作家たちが集い、クニッペルはマリヤやチェーホフのお母さんを助けて主婦見習いのような日々を過ごしたことは、別稿にも書いた。芸術座と作家の間がこの期間の付き合いでぐっと近づいたが、クニッペルもチェーホフ家との距離を縮めた。

この年七月から八月五日までの間、ヤルタに滞在した間にアントン・チェーホフとオリガ・クニッペルは〝トゥイ（君、あんた）〟の仲になった。以後の書簡ではアントンは様々の愛称で彼女に呼びかけ、手紙の中味もインチームな表現で満たされてゆくようになる。また八月九日の書簡では「昨日スタニスラフスキイに次の戯曲（『三人姉妹』）を約束させられてしまった」ことをオリガに伝えている。

しかし、毎日のように書く

左からチェーホフの母，妹マリア，オリガ・クニッペル，チェーホフ　1902年

書簡の中で注目すべきは、彼がオリガに作品の進行状況の他に、自分の身体の衰えを訴えている事である。例えば九月八日「……僕は君を幻滅させるのが恐ろしい。……恐ろしく寂しい。髪はひどく抜けてきたし、一週間もすると、禿げ頭のお爺さんになるかもしれない。わかる？　恐ろしくなるんだ。スープしか飲めない。夜は冷え込むので家にいる。金はないし、髭も白くなっている。……」九月一四日「……もう六日か、七日外出しないで、家にいる、病気だから。……戯曲は机の上でしょんぼりと、僕を見ている、僕もしょんぼりと戯曲のことを考えている。」

一〇月一六日『三人姉妹』の第一稿を書き上げ、二三日モスクワのホテルに投宿し、本読みと稽古に付き合いつつ、改訂稿を書くことにし、一二月一一日チェーホフは海外に脱出、ニースから書いている。「すてきな女優さん、僕の天使、こんにちは！　たった今、ニースに着いた。道中で疲れたので、今日は何も書かない、ただ君に一〇〇〇〇回キスさせておくれ。……暖かい。バラが咲いている、信じられないくらいだ。……」（一二月一四日）『三人姉妹』の第三幕は一二月一六日モスクワに送り、第四幕もその二日後送られた。一二月二一日「……戯曲はもう終えたし、送った。君のために、特に第四幕にたくさん書き添えたよ。ごらん、僕は君のために何一つ惜しまなかった、だから頑張ってください。……」芸術座の稽古の進展状況を聞けないまま、チェーホフは一月二六日夜、イタリヤへの旅行に出かけてゆく。『三人姉妹』の初演はまたもやチェーホフ不在のうちに、一月末モスクワ芸術座で行われた。この初演については概ねいい評判を得たようだが、芸術座は二月のペテルブルグ公演に出かけて、二人は出会いようもない。復活祭を期にモスクワから外国へ行きたいというオリガの希望は叶えられそうもなかった。というのは、

チェーホフとオリガ・クニッペル　1902年

やはりチェーホフの病気のためだ。三月一六日付チェーホフの手紙。「僕の可愛いひと、ご機嫌よう！　モスクワへは必ず行きますが、今年スエーデンに行くかどうかは――わかりません。僕は駈け回るのがひどく億劫になったうえに、僕の健康がどうやら全く老人じみてきたのです。だから君が僕という男から受け取るのは、連れ合いというよりお爺さんですよ。……」一方オリガはどうにもヤルタへ行くのは気が重かった――チェーホフの母や妹の前で、秘密の恋人を演じるのが……。結局、オリガがヤルタを訪れることになるが、それは三月三〇日から四月一四日までの二週間だった。

チェーホフはいよいよ決心する。四月二二日チェーホフ発の手紙「可愛い、素晴らしい僕のクニップシツ、僕が君を引き留めなかったのは、僕自身ヤルタにいるのが嫌だったからであり、またどっちみち間もなく自由に君と会えるという考えがあったからです。……

五月の初め、初旬にモスクワへ行くから、できたら

コンスタンチン・スタニスラフスキイ

結婚式をあげてヴォルガの旅にでかけよう。……」この手紙の後のほうで「時々、芸術座のために四幕のヴォードヴィルか喜劇を書いてみたいという強い欲望が心に浮かぶ。もし邪魔が入らなかったら、書くつもり。ただ一九〇三年の末より早くは、劇団に渡せまい。」と書いている。オリガが芸術座の女優だったから、結婚の対象になり得たのであり、彼自身の劇作にいよいよ惹かれてゆく気持も、この決心の後押しになったとも言えるのではなかろうか。

この前者の理由としてよく知られている、チェーホフがスヴォーリンに宛てた手紙の文句を思い出しておこう。「承知しました、あなたがそうお望みなら、僕は結婚します。しかし僕にも条件がある。万事これまでどおりであること、つまり彼女のほうはモスクワに住み、僕は田舎に住む、そして僕のほうから会いに行く。来る日も来る日も、朝から朝へとだらだら続く幸福など、僕は我慢できません、……どうか僕には、お月様のように、毎晩ぼくのそらに現れると限らない、そういう奥さんを世話してください。」これはずっと前の一八九五年の手紙で、チェーホフがまだ結婚を念頭に置かなかった頃の言である。しかし、オリガはまさにこの条件を満たす奥さんであった。彼女は女優でモスクワに縛られており、彼は健康上ヤルタに住む身だった。従って演劇のオフ・シーズン以外は二人は会えないことになる。オリガとの結婚では彼女が芸術座を辞めないことを二人は約束していた。上記のスヴォーリン宛手紙のことは、オリガはずっと後に知ったことを彼女自身が書いている。しかし夫婦の別居生活がそう簡単に平穏にすまぬことは、いうまでもないが、これは後の話。まず二人の結婚から話を始めなければならない。

ネミローヴィチ＝ダンチェンコ

チェーホフとクニッペルは、五月二五日ひそかに二人だけの結婚式をあげ、その足でクニッペルの母を訪ねた後、モスクワを発った。モスクワにいる知人たちは予め宴会との口実を設けて友人の手で一箇所に集められ、結婚後の知らせで一同解散する。チェーホフはヤルタの母には電報で知らせる。「愛するママ、祝福してください、結婚しました。全てはこれまでどおりです。

馬乳酒療法にでかけます。アドレスは……」ヤルタではチェーホフの母と妹マリヤが電報を受け取り、動転した。母はその日涙を流しながら、部屋のなかを一日中行ったり来たりしていた。しかし母は返電を打っている。「祝福します。元気で幸せでいておくれ。」

マリヤは実は五月二四日の日付でチェーホフに書いていた。「あんたの結婚についてひとこと私に言わせてください。結婚手続きなどとんでもないことです！　あんたにしてもそんな余計な興奮がなんになりましょう。……（実はチェーホフから馬乳酒療法に行くかもしれない、「誰かを連れてゆくのはエゴイズムかもしれないし、結婚したいけれど、書類はヤルタだし……」（五月二〇日付）の手紙を受け取っていた。）あなたのクニップシツにそう伝えてください。なによりもまず、あんたが健康になることを考えなくてはなりません。……あんたは私にとっていちばん親しい、大切な人だし、幸福以外にはあんたに何も望んでいません。……」実はチェーホフは書類を持ってきていた。この妹の手紙はモスクワ経由で六月三日受け取った。マリヤは兄の結婚に衝撃をうけ、兄にむけて書く。五月二八日「どうしても私には腑に落ちないのです。……結婚という事実は、いきなり私を不安におとしいれ、兄さんのこと、自分のこと、これからの私たちとオーリャとの間柄が急に悪いほうに変わるのでないかと、それが心配です。……私は彼女に腹を立てています。どうして自分が結婚することを素直に話してくれなかったのか。……私はとても悲しい、気分もよくない。あんただけに会いたい。……」マリヤはオリガにも書く。「私は一回ならず、自分に訊ねました、〝どうしてこんなことが必要なのか？〟と。どんなに私が苦しんでいるか、あなたが分かってくれたら！　もし私たちの関係が悪くなるとしたら——それは全てあなたに懸かっているのよ。」（五月三一日）六月二日、チェーホフからマリヤ宛「……僕が結婚したからって、僕の生活も、僕がこれまで過ごしてきた環境も、何ひとつ変わりはしない。」六月一六日、チェーホフ宛てマリヤ「愛するアントーシャ、オーリャがいうのに、私が書いた手紙であんたがとても悲しんでいると。ごめんなさい、私は自分の不安を抑えきれない。生まれてはじめて、自分の気持ちをあけひろげにして、それで、あんたとオーリャを悲しませているのを後悔しています。」

モスクワ芸術座

治療と新婚旅行をかねた旅から、二人は七月八日ヤルタに帰る。マリヤとオリガのこだわりは容易に解けはしなかったようだ。八月三日チェーホフはマリヤ宛に手紙を書き、その手紙を「自分の死後渡して欲しい」とオリガに託していた。（『チェーホフの遺言状』参照）

八月二〇日オリガはモスクワへ出発。チェーホフはヤルタに残り、これまでの生活が続き、彼は『三人姉妹』の執筆にかかる。八月二五日「僕たちが結婚してから、僕の可愛い人、今日でちょうど三ヶ月だ。僕は幸福だった、ありがとう、僕の喜びさん、千回きみにキスします。」と書く。一方、オリガはヤルタの義母や、モスクワのマリヤとの葛藤だけでなく、「ふさわしくない結婚」との世評も耳に入って、チェーホフとの結婚や別居生活が間違っていたのではないかという疑いにさいなまれ、チェーホフに問いかける。「……舞台を捨てなかったことを後悔しています。……この私ときたら、愛するあなたにすっかり身をゆだねるかわりに、あてにもできない職業に追われているのですから……」（一一月六日）「ご機嫌よう、子犬さん！　君が自分のことを全くもってつまらぬ人間と呼んでいる涙ながらの手紙、今日読みました。……この冬はまもなく過ぎるわけだし、僕もモスクワへ遅くとも早春に行く。……いまヤルタにある寂しさのために、舞台を捨てるなんて、無意味だよ。」（一一月一一日）とチェーホフは返事する。また彼は書く。「昨日は、君がクリスマスにヤルタに来ないと書いてきたので、機嫌が悪かった。自分で自分をどうしたらいいのか分からない。ある医者は僕がモスクワに住んでもいいと言い、ある医者はとんでもないと言う。そして僕はもうここに居るのは、まっぴらご免なのだ！」（一二月四日）

「……もしお金が入用だったら、要るだけネミローヴィチ＝ダンチェンコから取りなさい。主婦らしく切り回しておくれ。ああどんなに君が必要か、……」（一二月二二日）という手紙もある。

一九〇二年二月には、芸術座は新しい劇場の改装を計画し、経営組織の改組もすすめ、チェーホフも株主のひとりになった。

事故が起こる。ペテルブルグ公演中三月末に、オリガは不摂生がたたって、流産。四月半ば、助産婦に付き添われ、担架にのってヤルタに運ばれたのだ。チェーホフは彼女を診ながらモスクワへ伴い、専門医に診てもらうが、さらに彼女は腹膜炎を起こす。六月半ば、看病に疲れたチェーホフはモロゾフの別荘に休養に行くが、雷鳴の夜、大喀血をして若いセレブローフに目撃された。この夏、七月初めから八月半ばまで、夫婦はモスクワ郊外のスタニスラフスキイの別荘で休養の日々を過ごした。しかし安らかな日々も束の間、チェーホフ一人ヤルタに帰ったため、オリガが誤解してマーシャに嫌味な手紙を寄こしたりする。

一九〇三年、チェーホフの病状は進んでいるが、ヤルタのアリトシューレル博士と、モスクワのオストロウーモフ博士の診断・指示がいろいろ違って、チェーホフ自身にも分からない。夏にはオリガはチェーホフとヤルタに帰るが、マーシャとはうまくいかない。この頃、オリガは妻というより、芸術座のための原稿督促人になっている。「戯曲を首を長くして待っています。もしもあなたが私にではなく、直接指導部に送るようなことになったら、あなたとは離婚しますからね、覚えていらっしゃい。」(九月二五日) 頻繁な手紙のやり取りが続く。……

「戯曲はもう送った　元気だ　接吻する　皆によろしく。アントーニオ」(電文、一〇月一四日)

「奇跡の戯曲　歓喜と涙で読みました　接吻します　ありがとう。オーリャ」(電文、一〇月一八日) 二人の電文は長い辛抱の後生まれた、名作誕生への歓喜の叫びだ。

オリガから『桜の園』を受け取った芸術座のネミローヴィチ＝ダンチェンコも、スタニスラフスキイも、直ぐにチェーホフに感謝と賞賛の言葉を送った。劇団全体の喜びは言うまでもない。

一九〇四年一月一七日、モスクワ芸術座で『桜の園』初演。この日の第三幕と第四幕の間に、チェーホフ作家生活二五周年記念集会が舞台上で催されたこと等は、別稿に書いた。

この頃モスクワにしばし住み着いたチェーホフを家に残し、浮かれ歩くオリガの姿があった。チェーホフより一〇歳若い友、作家ブーニンの記述がある。「……オリガは朝の四時頃に帰ってきた。どうかすると夜明けになることもあった。彼女はぶどう酒と香水の匂いを漂わせていた……。『あなた、まだ寝ていないの？ ……身体に毒だわ。あら、まだいらしたの、ブキションさん（チェーホフがブーニンにつけたあだ名）、そりゃまあ、あなたがごいっしょならこの人も淋しくなかったでしょうけど！』私はすばやく立ち上がって、暇乞いをした。」（『チェーホフのこと』より）これと似た記述が、タチヤーナ・シチェープキナ＝クペルニクにもあった。その時、チェーホフがタチヤーナに言ったせりふ「……もう死に時だな。」は頭に残る。（別稿参照）

『桜の園』はモスクワ芸術座の初演以来、ロシア各地でもしきりに上演された。その人気とはうらはらに、各劇場が真似をするモスクワ芸術座の、上演に対するチェーホフの不満は、芸術座の二人の指導者には理解されないままだった。「ネミローヴィチに言っておくれ、第二幕と第四幕の音は、短くなければならない、ずっと短く、遠くからの音と感じられるように、と。……こんな些細なことが、この音一つが、どうしてもうまくやれないとは。……」（三月一八日、オリガ宛て、ヤルタより）「あれが僕の『桜の園』ですか。あれが僕の書いた人物ですか。……僕は人生を書いたのです。うんざりするような、めそめそした生活ではありません、連中は僕のことを、お涙頂戴の作家にしたり、退屈な作家にしている。……」（スヴォーリン劇場支配人カールポフ記述、『回想録』より）「なぜ僕の戯曲はポスターや新聞広告であぁまで執拗にドラマと呼ばれるんだろう？　ネミローヴィチやアレクセーエフは僕の戯曲の中に、僕が書いたものでないものを見ている。僕は彼ら二人が一度も注意深く僕の戯曲を読まなかったと断言できる。……」（四月一〇日オリガ宛て）

しかし、チェーホフにとってモスクワ芸術座との出会いは、やはり運命的で、この出会いなくしてチェーホフ戯曲の今日も語れない気がする。チェーホフ自身書いている。「芸術座――これは、いつの日か書かれるであろう現代ロシア演劇についての本の中の、最良の一ページです。」（一八九九年一一月二四日、ネミローヴィチ＝ダンチェンコ宛手紙）

チェーホフの病状はよくなかった。医師アリトシューレルは海外での療養を勧める。チェーホフは五月一日ヤルタを発ち、モスクワへ行くが、次々に悪い症状が起こって毎日のように医師の来診を受け、ほとんど着替えもできず寝たきりだった。六月二日見舞いに来た作家テレショーフに言う。「……僕は明日発ちます。さようなら。死にに行くんです。」（『回想集』より）

六月三日チェーホフはオリガと共に旅立ち、ベルリンを経由、六月初旬バーデンワイラーに着く。ここでの日々は、ただ一人の同伴者であるオリガ・クニッペルの手記『夫チェーホフ』（一九二一―一九三三）でしか知ることができない。アントンを巡ってのマーシャとの凄まじい確執を読んできた私は（この稿ではその何分の一しか反映していないが）、夫の最後の日々を記述する彼女の穏やかな筆致を喜ぶ。チェーホフはその死の数時間前まで、オリガに一つのヴォードヴィルを聞かせたという。しかし病状は悪化、最後に医師の勧めでシャンパンを飲みながら、オリガに美しい笑顔を見せて「『僕はながいことシャンパンを飲まなかったね。……』と言い、盃を飲み干すと、静かに左を下に横になり、まもなく、永遠の沈黙に入って行きました……」。医師に言った「Ich sterbe（私は　死ぬ）」のドイツ語と共に、作家の最後を静かに伝えている。亡くなった時刻は一九〇四年七月四日の未明だった。

彼の生涯は、わずか四四年余りだった。

亡くなる前、チェーホフはベルリンやバーデンワイラーから母に二通、マーシャに七通手紙を書いている。それは今後行きたい旅行の事、したい事、いろいろの指示もあった。「……ここのバターは口に合わない。何とか直すには……何にも食べないで居ることだが、それではおしまいだ。息苦しさを直す方法は、ただ一つ、動かないで居ることだ。……元気で、陽気で、母さんによろしく、……キスして、手を握る。君のA」（六月二八日）これがマーシャへの最後の手紙だった。

マーシャはアントンの遺品をヤルタの邸とともに守り続け、アントンの書簡集を彼の死後数年にして出すとともに、ヤルタのチェーホフ記念館館長として亡くなる一九五七年まで勤めた。オリガは長く芸術座の舞台にあり（一九五〇年まで）、アントン・チェーホフとの往復書簡集二巻（デルマン編、その後改編）を一九三六年に出している。一九五九年没。

幕間

モスクワ大学の寮で一一ヶ月を過ごして

もう遥か昔の話になってしまった。思いがけないロシア留学の初体験は、あの高い塔の天辺（地上からの高さ一六〇メートル）に雲もかかる雀が丘のモスクワ大学本館に連なる傍屋、E棟の四階で始まった。贅沢なことに鍵のかかる個室と、二人に一つのトイレ、シャワー室つき。当時の他の大学では望めない個室だった。

本館地下には大食堂、簡単な食料品店があって、寮の共同炊事室で自炊も可能である。食費は安くて奨学金でお釣りがくる。飲まない私は劇場通いと、古本購入に当てることが出来た。モスクワ生活の快適さは〝全館暖房〟、スチームがどんな建物にも配給されていたこと、もう一つ交通費の安さ（現在は知らないが）、地下鉄は全線二カペイカ。市電も、バスも勿論安かった。一九七〇年の〝停滞の時代〟だったが、市民の最低生活は保障されていた。その恩恵は留学している外人にもおすそ分けを頂いた。例えば、医療費。風邪を引いたとき、診察無料で、休暇証明まで書いてくれた。

季節で思い出すのは北国の常、冬の毎朝除雪車の音で目覚めた事。また五月のある日、見渡す限りキャンパスの果てまでいっぱいだったタンポポの花の黄色も忘れられない。

ヤルタの春――チェーホフ邸と糸杉のある風景

一九八四年三月末、「〝びろうどの春〟のヤルタに行ってみませんか。」願ってもない提案に乗って、シンフェローポリへ飛んだ。そこからタクシーで一時間半、待望のヤルタは、モスクワの雪どけの泥んこ道と全く違って、からっと晴れている。糸杉、糸杉！　私には糸杉はヤルタを象徴する一つだ。勿論目当てはチェーホフ邸。真っ白の壁、斜面に建っているので、玄関は二階にある。書斎は写真で親しんでいた通り、しかし窓のステインド・グラスの色が床に落ちて華やかなのに驚いた。壁にはめこんであるソファ、その前のデスクはどっしりしていて、机上はインク瓶やら、記念品、写真立てなどでいっぱい。隣の寝室の彼のベッドが以外に質素だった。廊下にある戸棚のなかの外套の丈で、彼が長身だったのを確認した。ピアノのある客間、それに続くベランダは彼の丹精した庭や、遠くの海まで望める。チェーホフ邸の庭にある彼の銅像に、小学生がそろって挨拶に来ていた。頭に真っ白い大きなリボンをつけた女の子たち。

今はどうなったか知らないが、あのとき海岸通は『犬を連れた奥さん』当時のまんまを感じさせてくれた。ゆったりと人びとは散歩し、海を航行する船を眺めていた。

ヤルタは糸杉！

ヤルタ海岸通り

1985年

『メーリホヴォの春』演劇祭——ライラックの花にも会う

一九九〇年の春、五月二〇日の朝、モスクワのチェーホフ邸博物館前に集合、用意されたバスで揺られること一時間ぐらいで到着。始めてのメーリホヴォ訪問は、幸せなことに、友人ラナ・ガロンの紹介で、「メーリホヴォの春」演劇祭に参加することができた。

少し曇りの小雨もよいではあったが、緑一面に生い茂った庭園を散策すると、池の傍に丈高いライラックが花盛りだった。いい香り！　ラナをその前で撮ろうとすると彼女は花のなかに埋まってポーズをとった。ライラックはその後日本であまり出会ってないので印象深い一日になった。

もちろんチェーホフ邸の内部を見学できたが、なんと言っても目的は、その邸のベランダと階段を舞台にした演劇。私たちは邸前の庭園に用意された椅子席で観劇。出し物は、『三つの伝説』（チェーホフの短編『老いた庭師』による）』、『黒衣の僧』、『大学生』。演出家パホーモフによるリペツキイ劇団だった。

でも、いまも鮮明な印象を残すのは『かもめ』が書かれた傍屋と、ライラックの花である。

Ⅱ　チェーホフの劇作

チェーホフを読む楽しさ――『ワーニャおじさん』の場合

村上春樹『1Q84』中に引用されたせいで、俄かに二、三の出版社が競いあってチェーホフ作『サハリン島』を再版した。しかしこれはチェーホフ作品の中でも異色の長編、百数年前に作家が生命がけで敢行した流刑の地サハリン島の現地調査報告を含めての、学術的ルポルタージュであって、村上ブームとは程遠い。『1Q84』を読んでいないのでとやかく言う資格はないが、読者評のなかで、ごく一部を不本意な形で引用されたギリヤーク人（ニヴフ民族）やアイヌ民族の運命を案じるというインターネットの書き込みが印象に残った。

さて上のブームと無関係かもしれないが、最近チェーホフ短編集が「ちくま文庫」、「岩波文庫」の形で新しく出版されているのは、チェーホフ・ファンの一人として歓迎したい。チェーホフは不思議な作家で、昔読んだはずの作品が、読む度にまた新しい作品の切り口を見せてくれたり、よく知っている筈の作家の風貌が違う角度で見えてきたりする、まことに読み飽きない作家である。ロシアの作家の中でも、ドストエフスキイやトルストイのように自らの言説を小説に書き込まない。あれこれの社会の老若男女の、その人生をあるがままに提示して、読者がそれぞれの人生経験のひだの厚さによって読み取ることができる、いわば懐の深い作家である（と言えば言い過ぎかもしれないし、あるがままとは何だと言う難しい話にもなるが、これ以上の深入りは避けて、次に進むのをお許し願いたい）。

私の専門は演劇、しかしチェーホフ劇は難しい。短編小説のように「好きなように解釈して……」と簡単に言い切れない難しさがある。今まで散々に日本でもロシアでもチェーホフ劇を見てきたが、記憶に残る傑作舞台は意外と少ない。見る度に不満の二つや三つがでてくるし、もう見るのはよそうかと思うこともしばしばである。

しかし戯曲を読んでこうあって欲しい舞台を想う楽しさは捨てられない。『ワーニャおじさん』を例にして少しおしゃべりすることをお許し願いたい。いままでに見たなかで、心に残る舞台はロシアで二つ、一つは現サンクト・ペテルブルグのボリショイ・ドラマ劇場、G・トフストノーゴフ演出（一九八二年初演）、二つ目はモスクワのニキーツキイ・ヴォロート劇場、M・ロゾーフスキイ演出（一九九二年初演）の舞台である。ここに評判が高くて、見たかったが見る機会がなかった舞台として、レフ・ドージン演出（二〇〇三年初演）、マールイ・ドラマ－ヨーロッパ劇場を挙げないと不公平な気もする。残念ながら日本でこれといった舞台に出会っていない。理由はいずれもヴォイニーツキイ（ワーニャ）役がいまいちの出来だということにある。

『ワーニャおじさん』はチェーホフが一八九七年（今から一一二年前）に発表した作品だが、未だにロシアは勿論世界中で上演され続けている。作品に提起された問題が今日にも古びていな

『ワーニャおじさん』G・トフストノーゴフ演出。ボリショイ・ドラマ劇場

いということだろう。この作品では、ヴォイニーツキイとアーストロフ、エレーナとソーニャ、全くちがうタイプの男女が出てきて、セレブリャコーフ教授にいたるまで登場人物それぞれが問題を抱えている。チェーホフはドラマとは言わず、「田園生活の情景」と言い、題名も、ソーニャがいつも口にする「ワーニャおじさん」という子供言葉で名づけている。地方の一介の医者でありながら、ロシアの森の維持活動に努めているアーストロフ、彼のせりふにチェーホフの生き方が透けて見えるのがおもしろいし、シニシズムを滲ませながらエレーナに言い寄るこの役は、男優なら一度はやってみたいもうけ役だ。しかしヴォイニーツキイが彼に拮抗するほどの迫力を持たなければ、この作品は死んでしまう、と私は思う。

『ワーニャおじさん』M・ロゾフスキー演出。
モスクワ・ニキーツキイ・ヴォロート劇場

チェーホフはこの役をスタニスラフスキイにやって欲しいと希望した。スタニスラフスキイ自身も最後まで望みながら、アーストロフ役を選んでしまった。恐らく彼がやっても成功したかどうかは、いえない。

ヴォイニーツキイとはどんな役か。「……かつてこの郡内には、まともなインテリが二人だけいた——おれと君だ。」とアーストロフが言う男。かっと頭に血が上ったにしても、とっさに「おれは……、もし順調に来たら、ショウペンハウエルにも、ドストエフスキイにも、なれたんだ……。」と口走っても、それほどの違和感を持たせない男でなければならない。不器用だが率直で、純情な男。第一幕から場の緊張感を持たせるのは、彼だ。それは「頸を吊るにはもってこいの日和ですな……。」の冗談にあるのではなく、セレブリャコーフ教授の正体を完膚なきまでに言いあて、その教授のために二五年間を無駄に費や

『ワーニャおじさん』L・ドージン演出。マールイ・ドラマ―ヨーロッパ劇場

した自身の絶望感をあらわに言い募ること――他の人物たちにそんな緊迫感はないにも関わらず――にある。エレーナへの慕情は行き場のない彼の今の気持ちの吐け口なのだ。アーストロフが森でのあいびきにエレーナを誘う場面でも、観客はここには居ない彼の存在を頭に置かずにはいられない、事実、直後に彼は二人の抱擁を目撃する羽目に会うのだが。

身勝手な教授の提案に怒りの余り、教授をピストルで狙い、一度目にねらって「バン！」と口にする男、二度目も失敗すると、ピストルを捨てて、椅子に倒れこむ。観客は彼の無謀な行為にあきれつつも、この「バン！」には一瞬思わず笑ってしまう。こんな見せ場が目立たないようなヴォイニーツキイでは、『ワーニャおじさん』はつまらない、と私は思う。

最近（二〇〇一年だが）岩波文庫から小野理子さんの新訳が出て、わかりやすくなったと評判である。こなれた訳文が現代人にも読みやすく、おまけに日本一親切な注（直近のページに見ることが出来る）と解説で言うことがない。強いて言えばやはり呼称だろう。ロシアでは普通相手を名と父称で呼ぶ。例えば、テキストではワーニャを、友人のアーストロフさえ時にイワン・ペトローヴィチと呼びかけることがある。「ワーニャおじさん」と常に呼ぶのはソーニャの特権だ。小野さんはロシアの習慣はおいといて、名と父称などをいちいち覚えられない一般読者のために、彼を時にはイワン君、イワンさん、イワン旦那さんと訳し分けた。他の登場人物も同じように名と父称で呼ぶのをできるだけ避けている。親切ではあるが、もし舞台から「イワンさん」などと聞こえてきて戸惑ってしまうのは、私の勝手であろうか。小野さんの訳し方に文句をつけているのではない。今日ではこのやりかたが読者には便利だし、フツウになっているのだが、いささかでもロシアを知る者、翻訳者には悩ましい問題だ。

それとは別に、チェーホフの原文を見ると私には楽しいことがいくつかある。一つはこの呼称である。あんなに言い寄られるのを嫌っていたエレーナが、最後に別れの挨拶で、ワーニャに「ガループチク」と親しげに呼びかけ、おまけに彼の頭にキスをするのは、ほんの一瞬だが見逃せないシーンだ。

ロシア語の二人称代名詞による呼びかけに「Ты――トゥイ」と「Вы――ヴィ」がある。これに付随して動詞なども変化する。「トゥイ」は親しい相手、家族などに用い、「ヴィ」は初対面の人、目上、尊敬する相手に用いる。登場人物をこの「トゥイ」と「ヴィ」で見分けると一つ面白い発見がある。ソーニャの乳母であるマリーナは、教授を含めて皆をトゥイで呼ぶ。召使でありながら、この邸で主婦代わりを勤めているからだろう。これは日本ではちょっと分かり難い事情なので、小野訳には反映されていない。マリーナは庶民の出だからか、豊富な呼びかけをする。開幕直後、アーストロフに「バーチュシカ（あんたさん）」と呼びかける。足痛を嘆く教授にも「バーチュシカ」と呼びかける。三幕のピストル発射騒ぎのとき、とっさにソーニャを「シロートカ（親なし児）」と呼ぶ。これは小野訳のように「お可哀そうに」と訳すより仕方がない。現に教授はパパなのだが、パパらしい振舞いを一度も見せないのだから、ソーニャは親なし児同然なのだ。こんなマリーナを皆は「ばあや」、「ばあやさん」と呼ぶが、テレーギンだけが名と父称で呼ぶので、彼女がマリーナ・チモフェーエヴナであることが分かるし、テレーギンがこの邸の居候であることを思い知らされる。しかしテレーギンは、アーストロフやワーニャとは「トゥイ」で呼び合う仲である。

この劇のなかで「トゥイ」が際立つ二つのシーンがある。一つは第二幕後半、ソーニャとエレーナが互いのこだわりを捨て、杯を飲みあい和解するシーン、「これで『あんた』の仲ね。」「そうよ。」と、これまでいろいろな翻訳者が苦心していたものを、小野訳はすっきりと、そのままに訳している。もう一つは第三幕前半、アーストロフが首尾よくエレーナを抱きしめて、明日のデートを迫る一瞬「トゥイ」の口調になる。すぐにワーニャに見つかって、この一瞬以後はまた「ヴィ」に戻ってしまう。まさに彼にとって「フィニータ・ラ・コメーディア」である。

ここから後の記述は、私個人の趣味の話かもしれないが、ロシア語で聞く『ワーニャおじさん』の楽しみの一つにリフレイン、繰り返し言葉がある。終幕、教授たちが邸を出発する場面、シャンシャンと鳴る鈴の音が幕外に聞こえて、

アーストロフ「発ったな……」、

マリーナ（登場）「発ちなさった……」、

ソーニャ（登場）「お発ちになったわ……」、

ヴォイニーツカヤ老婦人（のろのろと登場）「行ってしまったわ……」、

と小野訳で訳し分けられている四人のせりふは、実は原文では同一の「уехали——ウイェーハリ」の一語である。四人の俳優それぞれの声音や、ニュアンスを聞く楽しみが私にはあった。

もう一つ、ラストのソーニャのせりふ、小野訳で「あたしたち、ゆっくり休みましょう（原文では、мы отдохнём——ムイ・オッダフニョーム）」が五回繰り返される。ワーニャおじさんとソーニャ、二人の行方もしれぬ運命を想うかのように繰り返されて、余韻のうちに幕が下りる。これはソーニャ役女優の勝負せりふだ。ボリショイ・ドラマ劇場来日公演で人気をさらった、女優T・ショスタコーワのソーニャ役を思い出す（一〇五ページ写真参照。左はワーニャ役、O・

バシラシヴィリ)。そういえばこの言葉、「ほっと息がつけるんだわ」という神西清訳も、意訳になるが味があった。

(“RUSSIAN REPORT” Vol.6　日露演劇会議、二〇一〇年三月十四日)

『桜の園』のロパーヒンについて

(1) ブーニンと『桜の園』

チェーホフの晩年、おそらく家族以外ではもっとも親しかった一人、作家イワン・ブーニン(1)が書いた回想の文章『チェーホフのこと』がある。

「私は、どの作家とも、ひとつ書斎の中で何時間も黙っていられるような関係にはなかったが、チェーホフとは時に午前中いっぱいそうして過ごすことがあった」とブーニンは書いている。チェーホフの側からも、同じことが言えたろう。ヤルタでも、モスクワでも、この一〇歳若い作家をしばしば自宅に呼び寄せて語り合う仲だった。

一九八四年ヤルタの「チェーホフ邸博物館」をはじめて訪れた時、「この部屋がブーニンのよく泊まった部屋です」と副館長に案内された。一階のソファベッドのある小部屋だった。臨時の泊り客用の部屋と思われたが、その時ブーニンの名が私の記憶に残った

『チェーホフのこと』は日常をともにした分だけ、チェーホフの人となり、文学・生活の詳細について、余人に書けない位、親近感と友情あふれる描写に充ちている。

しかしブーニンはチェーホフを第一級の作家と認めながら、彼の劇作品は認めなかった。ブーニンが良いとするチェーホフ作品リスト四八の中で、戯曲として名が上っているのは『かもめ』だけである。『桜の園』については、少なからず読者の不審を招きかねない言及が目立つ。

「彼は貴族についても、地主についても、貴族の屋敷とその庭園についても、貧弱なイメージしか持ち合わせなかったのに、『桜の園』のみせかけの美しさで未だにほとんどひとり残らず虜にしている。私はチェーホフが与えてくれたじつに多くの、真実すばらしいものによって、彼をロシア最良の作家のうちに数えているが、戯曲はいただけない。気恥ずかしいとさえ思う。」

「私はまさに〈没落した〉貴族の巣に育った。そこは片田舎の草原地帯の領地だったが、広い庭園があった。ただその庭園はもちろん桜の園ではなく、チェーホフにたて突くようだが、あたり一面の桜の園などロシアのどこにもなかった。地主屋敷の庭園では、そのごく一部に桜が生えていることはあったものの、そういうところは、またもやたて突くようだが、主の館にぴったり隣り合っているはずもなく、おまけに桜の木には魅惑的なところなどまるでなかった。……花も小さい。（モスクワ芸術座の主の館の窓の真下にあでやかに咲いている大きな花とは似ても似つかない）。……」

「ロパーヒンがこの儲かる木を、以前の持ち主が邸から出るのも待ちかねて、あんなばかげた短気を起こして伐れと命ずるのも信じられないことだ。あれほど慌ててロパーヒンに伐らせたのは、明らかにチェーホフが芸術座の客に斧の響きを聞かせ、貴族の暮らしが滅びるさまをまざまざと見せつけて、フィールスには幕切れに——わしのことを忘れてな……——と言わせたかったからに過ぎない。……」「一九四八年にパリで作家を回想する朗読会を開いたとき、私はチェーホフのことをロシアで最も優れた作家の一人だと思うと述べた上で、あえて、ただ彼の戯曲はいただけない、私に言わせればどの戯曲も実に不出来だし、知りもしない貴族の暮らしに取材した戯曲など書くべきではなかったと言った。この発言は大勢の人を憤慨させ、不興を買った。」

（以上、引用は『チェーホフのこと』より）

ブーニンはまさに貴族の末裔で、チェーホフをして「あなたこそ貴族階級の、プーシキンとトルストイを世にだしたあの文化の最後の作家だ！」と言わしめた（九九年のある春の日とブーニンは書いている）のに、この発言。チェーホフの戯曲を評価しないのは一種の見識であろうし、モスクワ芸術座の舞台に異議を持つ諸々の彼なりの理由（いま詳細に述べる暇はないが）は認めるとしても、ガーエフやラネーフスカヤなど零落したみっともない貴族の成れの果てをモチーフとして描いたとして、チェーホフが貴族をほとんど知らない、「書くべきでなかった」ときめつけたり、ロシアのどこにもあたり一面の桜の園はなかったと断言できるものだろうか。そのイメージで、「ほとんどひとり残らず虜にした」のは、チェーホフの罪と言えるだろうか。チェーホフ戯曲や『桜の園』の評価についてはこの亡命作家の見識として一応置くとして、何よりも、ロパーヒンの行動を軽々しくうけとっているブーニンの文章が気にかかる。

『桜の園』は、執筆時から一〇〇年余を経た今日まで読まれ続け、上演され続けている。チェーホフ最後の戯曲にふさわしく、これまでの劇作品に比べてもドラマトゥルギーに隙間がなく、人物たちも多彩である。しかしなお謎が多く、この作品についての諸論議はまだまだ尽きない気がする。登場人物の中でとりわけ解釈が別れ、また演じるのが難しいのがロパーヒンである。女主人公ラネーフスカヤに拮抗するこの役が難しいせいか、ロシアでも、日本でも他の多幕劇作品に比べて上演数が少ない。ラネーフスカヤ役はともかく、ロパーヒン役で評判をとった公演はあまり聞かない。そんな中で、私がロシアの舞台で出会えた、二つの忘れられないロパーヒン像について書いてみようと思う。その前に、まずのどに刺さった棘である、ブーニンの『桜の園』論を取りあげてみた。繰り返すが、ロパーヒンをそんなに軽々しく論じるのは反対だからである。ブーニンだけではない、チェーホフを論じ、上演している多くの人の「ロパーヒン観」に、違和感を持っているからである。

(2)　真っ白な桜の園

「ロシアで荘園と呼ばれるものにあるすべてが大好きです。この言葉は詩的なニュアンスをまだ失っていません」とチェーホフはN・レイキン[2]に宛てた手紙に書いている（一八八五年一〇月一二または一三日）。レイキンがさる貴族から領地を入手した時、この買いものを祝福して書いた。このことが『桜の園』の題材になったことは十分にありうる。チェーホフはラネーフスカヤの領地に満開の白い花咲く桜の園を当てたのだ。

四十数回を重ねた私のロシア訪問だが、観劇が主目的だから、一面に白い花咲く桜の園を見た覚えがない。時と季節を得なければ、ロシアで満開の桜の園には、そうお目にかかれるものではないだろう。チェーホフの『桜の園』発表後、あれは我が領地の桜の園ではないかと申し出るひとが何人か居たというが、いまでは研究者の間ではこのモデルは特定されないという意見で一致している。

ただ、例えば小説『曠野』（一八八八年）に次の一節があるので、チェーホフが見た覚えがあるか、少なくともイメージをもっていたことは否定できない。主人公の少年エゴールシカが伯父と神父に連れられて旅に出て、墓地の傍を通るときに見る小さなディテールである。「垣の向こう側から、真っ白な十字架や墓標が楽しそうに顔をのぞかせていた。それらは桜の青葉におおいかくされているので、遠くからだと白い斑点のように見えた。エゴールシカは思い出した、桜が花をつける頃には、この白い斑点が桜の花と入りまじり、純白の海と化すことを。」

「純白の海」とチェーホフは書いている。

この戯曲の構想の最初の頃、モスクワ芸術座で俳優たちに話した題材の一つに「花咲く桜の枝が、庭に向かって開け放たれた窓からまっすぐにとびこんでくる」があったと、K・スタニスラフスキイ(3)が回想に書いている。

「あなたの桜の園はいかが？　花盛りですか？」とオリガ・クニッペル(4)は一九〇三年三月一一日にヤルタで暮らしているチェーホフに書いた。前年芸術座のために書くと約束していた戯曲の題名だけが決まっていて、劇場の皆は待ちわびていた。でもチェーホフが実際に筆を進めたのは同年の秋口、一〇月に入ってから清書をはじめ、一〇月一四日漸くO・クニッペル宛てに発送した。クニッペルが作家と劇場をつなぐ窓口になっていたからである。

稽古をみながら、さらに戯曲に手を入れるため、チェーホフがモスクワについたのは一二月四日だった。チェーホフの健康状況で許されるまで、天候の定まるのを待ったためらしい。芸術座の『桜の園』に対する対応は後述するつもりだから、今は白い花咲く桜の園についてだけ触れておく。

ともあれ、チェーホフは戯曲に書いている。第一幕、白夜が明けた。

ワーリャ「（そっと窓を開ける）御覧なさいな、お母様、すばらしい桜の樹々！……」

ガーエフ「（もう一つの窓を開ける）あたり一面真っ白だ。……」

ラネーフスカヤ「ああ、わたしの清らかな、幼い日々！ ……庭はあの頃とちっとも変わっていない。（嬉しくて笑う）ほんとに、一面真っ白だ。」「なんて素晴らしい桜の園！ しろい花の雲に、青い空……」と。

では、舞台では？

私たちが直接目にしたモスクワ芸術座の舞台は、一九五八年来日公演時のものである。初演時のスタニスラフスキイとネミローヴィチ＝ダンチェンコ[5]共同演出ではなくて、来日前にV・スタニーツィン[6]による再演出に変わっていた。しかし第一幕の装置（L・シーリチ）については、写真で見る限り、初演時の装置（V・シーモフ）と変わってはいない。ラネーフスカヤの子供部屋の巨大な窓から見えるのは、まさしく白い花をつけた桜の樹々で、その一瞬、息を呑む思いで見たのを記憶している。ただし、日本人が知る花の雲とは程遠かったのは言うまでもない。まさしくブーニンの言う「白い紙の花」であった。息を呑んだのは、この一瞬照明が入って白い背景にチェーホフのせりふがマッチしたからであった。

背景のカーテンに一面の桜樹を写し出したのは、マリヤ・クネーヴェリ[7]演出、〈ソヴェート軍劇場、小劇場〉（一九六五年初演）の舞台である。一九七〇年に、この伝説の演出家の舞台を見た。詳細はもはや忘却してしまっているが、「白い！」の記憶だけは確かだ。後にストレーレルが劇団〈四季〉を演出して「白い、白い」と騒がれたが、私はとっくにモスクワで見ていた。

アナトーリイ・エーフロス[8]演出、〈モスクワ・タガンカ劇場〉（一九七五年初演）の舞台はまったく抽象的。舞台の真ん中に小丘がすえられ、傾いた墓標、十字架、ベンチのほかに大きくない桜が一本植えられていた。前舞台中央に桜の枝が下がり、舞台後方にも桜はあったが、花はむしろつつましく枝も白銀色で、舞台で目だったのは両サイドに吊るされた白い大きなベールカーテンが風に吹かれて、小止みもなく揺れ続けていたこと、それと登場人物のほとんどが白い衣裳をまとっていた事である。この舞台を「白のシンフォニー」と名づけた評論家もいた。暗喩としての桜の園。エーフロスの主張がストレートに出ていた装置であった。ここでラネーフスカヤを演じた女優アーラ・デミードワ[9]の演技はまさに、小止みもせずゆれ続ける白いカーテンに対応するものだったし、〈タガンカ〉の看板俳優ウラディーミル・ヴィソーツキイ[10]は、これまでのどの舞台にも出会えなかった稀有なロパーヒンを見せてくれた。これこそこのエッセイの主目的の一つである。詳細は後述したい。

小舞台ながら息を呑むほど美しい「白い桜の園」を見たのは一九八四年、ワレンチン・プルーチェク[11]演出、〈モスクワ・サチーラ劇場、小劇場〉の『桜の園』[12]である。美術は〈タガンカ〉の上述、エーフロス舞台も担当したワレーリイ・レヴェンターリであったが、こちらは具象の世界、ただし同劇場の稽古場を借用した小劇場で、あまり高くない楕円形舞台を作り、バックの壁際に窓、ドア、椅子、カーテンなどを配した簡素な装置。観客席はこの楕円形舞台に対して半円形に囲む壁際一列だけ数十席ぐらい、いわば贅沢な観劇だった。桜の園はどう表現されたか、レベンターリは低い天井いっぱいに繊細なレース模様にも似た桜の園の影を映し出した。観客は俳優もろとも桜の園に連れ出され、桜樹の影の下で舞台の進行を見守ることになった。

アンドレイ・ミローノフ。『桜の園』のロパーヒン　1985年

静謐《せいひつ》な『桜の園』の幕が下りた後、プログラムをみたら、ロパーヒンを演じたのがあのアンドレイ・ミローノフ(13)であった事を知って、私は呆然となってしまった。『フィガロの結婚』や、ブレヒト、マヤコフスキイ諸作品で有名なこの劇場の看板俳優の、この変身！いや、古典中の古典『桜の園』で、まさにチェーホフの意図にせまる演技をしてみせたのだ。幸い演出家プルーチェクが夫妻で近くの観客席に居たので、早速インタビュ

ーを申し込んだら快諾され、後で話を聞いた。この舞台こそ私のエッセイの主眼である。でもその前に、チェーホフその人がどう描いたか、吟味しなければならない。

(3) ラネーフスカヤの桜の園

ラネーフスカヤは五年ぶりに領地に帰ってきた、白い桜の花咲く五月のある日の未明に。相変わらず美しくて、男たちを残らず惹きつける魅力を失ってはいないが、実は一文無しである。当時七歳だった一人息子を水死で失くしたとき、あとさきを省みず大金を持って領地を捨てた。夫は飲酒癖のためその一年前に死に、不倫の相手はパリまで彼女を追っかけてきた。しかしマントンに買った別荘も何もかも費消し、男にも裏切られ、毒を飲もうとして果たさず、一七歳の娘につれられて帰ってきた。領地は借金の抵当になり、すでに競売日も八月二二日と決まっている。彼女を出迎えた兄のガーエフはとっくに自分の分の財産を失い、八〇年代人を気取るものの、ビリヤードを趣味とする以外、能のない男である。

もと使用人の息子で、いまはいっぱしの企業家であるロパーヒンが朝四時の汽車でハリコフに出かける予定にもかかわらず出迎えて、領地の救済策を提言する。この提言は、思い出の地に帰った想いでいっぱいのラネーフスカヤの耳には入らない。提言とは「領地全体を整理分割して別荘地にして貸し出そう」というものである。いや耳に入っても、理解のしようもない。ただ「この古い桜の園も伐り払って……」という言葉には猛然と反応する。「伐り払うですって？ あなたはなにもお分かりにならないのね。この県で何か見るべきもの、優れたものがあるとすれば、それはうちの桜の園なのよ。」ガーエフも「百科事典にさえ出ている」と言う。これに対するロパーヒンの反論は「桜の園のすぐれているのは、ただ大きいだけ……さくらんぼは二年に一度だけしか生《な》らないし、その実も引き取り手がない」、つまり企業家の観点では、領地の生産性がゼロだということである。

ところで一九世紀末、チェーホフが筆を進めていた頃、新聞雑誌に、旧地主たちの破産公告、借金返済不能による競売公告などが溢れていた。放漫な消費だけに依存していた地主貴族たちが没落の道を辿る一方で、新しい生産手段を獲得した企業家たちが出現したのは社会現象で、身近にそれを見ていたチェーホフが、人物たちを作り上げたまでである。ブーニンのように書くなと言うのは無茶で、問題は描きかたにあるのではないか。

閑話休題。ラネーフスカヤの帰還からかなり日が過ぎた二幕でも、イエスか、ノーか、と迫るロパーヒンに、兄妹はまともに返事をしない。すでに競売に名乗りを上げている金持ちがいるというのに。あげくは「でも別荘に別荘族なんて、低級なのよねえ、悪いけど……」「まったく同意見だね」と答える始末。そのくせ、あきれてロパーヒンが去ろうとすると、「お願いだからいて下さいな。ご一緒だと、いくらかでも元気がでるから……」と引き止め、台所を任されている養女ワーリャに浪費をとがめられると、「ロパーヒンさん、また私に貸してくださるでしょ。」とねだる。

ラネーフスカヤ兄妹が何の策もとらないまま、三幕の競売当日を迎える。「間が悪いことに」とラネーフスカヤ自身が言うように、邸では楽団が来てダンスパーティが開かれていた。ヤロスラヴリの叔母から送られてきた一万五〇〇〇ルーブルを手にした兄のガーエフは、ロパーヒンとともに競売に出かけてなかなか帰ってこない。結果を案じて気もそぞろなラネーフスカヤは、元学生のトロフィーモフ相手に言う。「この桜の園がない生活なんて考えられないの……。だからどうしても売れっていうんなら、わたしも一緒に売ってほしい……。」しかし運命は決まった。汽車に乗り遅れて帰ってきたロパーヒンからもたらされた報告は、「わたしが買いました」で、ラネーフスカヤはうちひしがれて泣き崩れる。このクライマックスについてはロパーヒンの項で述べるので、いまはさきに急ぐ。

地主としてのラネーフスカヤの生活は終わった。四幕、一〇月の晴れた日、邸を出発する兄妹は「ことが決着して、もう後戻りができないとわかると、落ち着いて、いっそ陽気になっちまった……。君だって、そうはいっても顔色が良くなったよ……」「ええ、神経が落ち着いたの、それはほんとうよ。」という会話をする。ラネーフスカヤは女地主であるほかに、女であった。「戻ってきて欲しい」と毎日のように電報を送ってきたパリの男の許へ、一万五〇〇〇ルーブルを持って出発する。その金が尽きたらどうなるか、考えもしないで……。

彼女にとって「桜の園」は何だったのだろう。父祖の地、生まれ育った、「清らかだった幼い日々……」、彼女のせりふに出てくるのは過去の思い出ばかりである

一幕でロパーヒンがラネーフスカヤ、ガーエフ兄妹と最初に交わす短いせりふに「время идёт——ヴレーミャ・イジョート」がある。ガーエフが「カヴォー（ええ）？」と意味不明な言葉で問い直すと、ロパーヒンはもう一度その言葉をくりかえす。牧原純氏はこの言葉を「月日のたつ

のは、はやいもの」と訳し、小野理子氏は「歳月、人を待たず」と訳しておられる。ガーエフがすぐに話題をそらしてしまい、この「ヴレーミヤ」の会話は続かない。しかしこのロシア語――短くは時間、時刻、長くは時代、その他を意味する多義のある語である。「時代は動いている。生活はとどまらない、時にしたがって、そこに生きる人々の運命は定まっていく」と読むのは読みすぎではないと思う。チェーホフはさりげなくこの言葉をロパーヒンに言わせているが、美しいが滅びの運命にある領地、その持ち主、『桜の園』の運命を予言する大切なキーになる言葉ではないだろうか。

さてラネーフスカヤは弱い人間だろうか。否、「彼女は弱々しくもあるが、大変強くもある」とは演出家エーフロスの言葉である。「ラネーフスカヤに襲いかかる不幸、全ての喪失を全員がわかるように演じなくてはならない。彼女の歩く姿、服装、言葉、反応などに、第一幕から分かるように、全て鋭く表現しなければならない。幕の始めから、ダイナミックな行動と、状況の葛藤があるべきだ」とも言っている。タガンカ劇場の舞台でラネーフスカヤを演じたアーラ・デミードワは、女王らしく堂々とふるまい、にもかかわらずいつも内心のいらだちが感じられる緊張感にあふれる演技をした。どこかで見慣れた、育ちの良さは感じるものの、悠長なお嬢さん風なラネーフスカヤとはまったく違っていた。

チェーホフもO・クニッペルに書いている。「ぼくはラネーフスカヤをもの静かな女にするつもりは決してなかった。この種の女をおとなしくさせられるのは、ただ死あるのみだ。……ラネーフスカヤをやるのは難しくはないさ、まず最初から正しい調子をつかむことは必要だけれど。

ほほえみと、笑い方を工夫する必要がある。上手に着こなすことも必要。そんなことは、みんな君にできることだ。」（一九〇三年一〇月二五日）チェーホフもではない、チェーホフが書いていることだが。

(4) ロパーヒンの桜の園

ロパーヒンはチェーホフが執筆中に、最初の構想・メモから最も変貌を遂げた人物。しかも作者によって「中心的」と名付けられた人物である。

開幕、登場するのは小間使いとロパーヒンである。彼はラネーフスカヤを駅で出迎えるつもりで来たのに、うっかり居眠りしてしまった。五年ぶりに会うラネーフスカヤについて、彼の言うモノローグ。「……あの方はいいお人だ。気さくで、飾り気がなくて。」そして一五歳の頃、親父に殴られて鼻血をだした彼を手当して貰った話をする、その折のラネーフスカヤの言葉「泣かないのよ、お百姓さん、お嫁さんをもらうまでには治るから」を思い出す。……「お百姓さん、か……実際、親父は百姓だった。ところが俺は……これでも資産家で、金はうなるほどあるが、よーく考えてみりゃ、所詮、百姓は百姓……」本を手に眠ってしまった言い訳をする。

ラネーフスカヤに出会って始めに言う言葉。「お兄上の、このガーエフさんは、わたしのことを、下種《げす》だ、守銭奴だとおっしゃいます。わたしはべつに気にしておりません。……ただ、奥様だけは、以前と同じに、わたしを信じていただきたいのです。あなたのその、胸にしみるような美しいお目で、昔どおりにわたしを見てください、お願いです！……わたしの親父は、お宅のお祖父様《じい》とお父様の農奴でした。でもあなたご自身は、かつてわたしのために、沢山のことをして下さった。だからわたしは、すべてを忘れて、あなたをお慕いしているのです。身内のように、いや、身内以上に……」

「美しいお目」、「すべてを忘れて」、「身内以上に」という彼の言葉に、ラネーフスカヤは直接答えない。大体『桜の園』では他のチェーホフ戯曲と同じように、人物たちはてんでに自分の言いたい言葉を発して、ダイアローグにならないことが多い。そして発話の途中で言いよどむことや、他人の言葉にわって入ることも多い。ここでもラネーフスカヤは跳びあがって歩きだし、ロパーヒンには関係なく、自分の言いたいことを言う。ロパーヒンは時間を気にして、手短かに、「別荘地貸し出し案」を提案する。そして前項に書いたように「伐り払う」に兄妹が反応して、この場は終わる。

ロパーヒンの言葉は、宙に浮いたようでもあるけれど、しっかり兄妹にも、観客にも訴えかけている。ロパーヒンはラネーフスカヤにもつ思慕の気持ちと、「桜の園救済策」を提案する訳を、幕の最初の数分で明らかにしていた。八月二二日の競売を迎えるまで、ラネーフスカヤがロパーヒンにもつ親近感と信頼はどんどん深まっていく。でもラネーフスカヤは彼の胸の奥にある「思慕の気持ち」を察することが出来ず、ワーリャをお嫁さんに勧めるという、ロパーヒンにとってはあまり気のすすまぬ提案を続ける。こういう、行動や感情の「行き違い」が人物たちのそれぞれに、場面のそれぞれに散りばめられていて、滑稽感を生んだり、アイロニーを感じさせたり、作者チェーホフをして「ドラマではない、ところどころファルスでもある、コメディー」と言わせたのが『桜の園』であろう。主要人物、ラネーフスカヤとロパーヒンの「行き違い」がもっとも露わになり、それぞれ自分自身とのドラマチズムが明らかになるのが、三幕、ロパーヒンによって競売の結果があかされる場面である。

チェーホフの研究者Z・パペールヌイ[14]は『チェーホフの手帖』(一九七六、モスクワ)に書いている、ロパーヒンは三つの社会的属性を持っている、一つは、百姓の出であること、二つ目には、商人であること、第三に、特に教育を受けなかったがインテリゲンチャで、繊細な心をもった人間である、と。三幕のモノローグで、この三つの声が聞こえてくる。しかも一人のロパーヒンが他のロパーヒンを常に妨げあっている。例えば、商人の観点から領地を別荘地に貸し出すことを主張し続けたが、自分で「桜の園」を買ってしまった後は「世界中で比べるものもないほど美しい領地を」買ったと言っている、と。

三幕のモノローグをやはり見てみよう。

その直前に、ラネーフスカヤとロパーヒンの、切れ切れで短いが、印象的なやりとりがある。

「桜の園は売れてしまったの？」「売れました。」「誰が買ったの？」「わたしが買いました。」

ラネーフスカヤが打ちひしがれ、間《ま》があって、ロパーヒンのモノローグが始まる。

「わたしが買いました。少々お待ちください。頭がぼんやりして、喋れないんです……(声をたてて笑う)」デリガーノフ相手に競り勝って、負債額のうえに九万ルーブルを載せて自分が買い取った顚末を述べた後「今や桜の園はわたしのもの、わたしのものです！」……(I)

しかし自分が桜の園の所有者になったのがほんとか、どうか信じられない思いもする。

「(声をたてて笑う) おお神様、なんと、桜の園がわたしのものになった！ 酔っ払いのたわごとでも、気がふれて幻を見ているんだとでも、お好きなように言って下さい。(足を踏み鳴らす) わたしのことを笑っちゃいけません。」……(Ⅱ)

もし親父や祖父《じい》さんが、かつて「文字もろくに読めず、冬も裸足で駆け回っていた、餓鬼《がき》のエルモライが、世界中に比べるものもないほど美しいこの領地を買ったのを見たら、なんと言うだろう！」……(Ⅲ)

「わたしは夢をみている、ただそんな気がしているだけなんだろうか……」

(ワーリャの投げ出した鍵の束を拾い上げ、オーケストラの音あわせに気づく)

「おーい、樂士さんたち、演奏してくれ！ 皆さん、揃って見に来てくださいよ——このエルモライ・ロパーヒンが斧を取って桜の園をうちのめすところ、樹々が大地にひれふすさまをね！……」……(Ⅳ)

(演奏が始まるが、ラネーフスカヤの泣いているのに気づき)

「(責めるように) なぜ、どうして、あなたはわたしの言うことを聴いて下さらなかったんですか？ ……今となっては取り返しがつかないんですよ……。」……(Ⅴ)

そして「(涙ぐんで) ああ、こんな話はもうおしまいにしよう。我々のこのちぐはぐで不幸せな暮らしが、早く変わってくれないものか……」……(Ⅵ)

このモノローグをわざと煩雑にも行分けして書いたことを、お許しいただきたい。酔いだけではない、ロパーヒンの二転三転揺れる心と、その吐露を、チェーホフが周到に書き込んだ「ト書き」とともに読んで頂きたいためである。

パペールヌイは『あらゆる法則に逆らって』（一九八二、モスクワ）でさらに論をすすめて、この場のロパーヒンを「新しい園の主人、競売の勝利者として演じてはならない。彼はただ喋っているのではない。〈あえて口にだしているのだ〉。」脱線し、制御不能状態に陥っているのだ、と論じている。

ロパーヒンのモノローグを（Ⅰ）（Ⅱ）（Ⅲ）（Ⅳ）（Ⅴ）（Ⅵ）とローマ数字でふりわけたのは、揺れ動くロパーヒンの心のゆれ、真情の吐露の二転三転を示したかったのだ。それは商人としての勝利・高揚感や、元の出自から思わず口に出る自負・達成感から、一転して事の結果、自分のしたことにより主人を破滅に追いやったこと、自分の望みと正反対の結果を招いた自己喪失感、敗北感の確認を表現している。彼の望みは商人として成功することであったが、競売の最中に、「桜の園」を自分が獲得することの結果を予測していなかった。得たかったのは「桜の園」だったか？　否（と私は思う）。それを救済するための何ヶ月間の努力は、全く無になった。目の前で泣き崩れる主人の姿を見て、明らかになったのは、自分自身のこれまでの生活の終焉である。自分はもう別の道を歩まねばならない。（Ⅳ）（Ⅵ）の綯い混ぜた気持ちの中で、商人として励む、そこにはもう別の自分がいる。

と私は思うが、やはりチェーホフのロパーヒンに対する考えを確認しなければならない。

(5)　チェーホフとモスクワ芸術座

チェーホフは戯曲の中で、友人トロフィーモフにロパーヒン論を語らせている。二幕「僕はあなたのことを、こう思ってますよ……ロパーヒン氏は金持ちだ。もうすぐ百万長者になる人だ。この世の新陳代謝のために、行く手をさえぎるすべてのものを食べてしまう猛獣が必要なように、彼もまた必要な人間だ、って……」（全員笑う）。ト書きが示すように、野外でのみんなの前での雑談の一つである。

一方、四幕の最後の別れでは、二人きりになったとき「……お互いもう会うこともなさそうだから、最後に一つ忠告させてくれないか。あんた、その両手を振り回すのは、やめたまえ。手を振り回して大風呂敷をひろげる癖は、直した方がいい。別荘を建てたら独立の企業家がいっぱい出てくる、なんてのも、その類だ……。ま、そうは言っても、やっぱり僕はあんたが好きだけどさ。あんたは、ほっそりと優しい、芸術家みたいな指をしているね。心だって繊細で優しいんだ……」同じ雑階級の友人として、二人は率直に話し合う。

四幕、すでに一〇月になっている、ある晴れた日、人々が出発する。ロパーヒンがもう新しい主人としてきびきびと動き、列車に乗り遅れないように人々をせきたてる。ロパーヒンもハリコフに商用ででかけるのだ。

でも、遠くで樹を伐り倒す音が聞こえ、アーニャが「出発するまでは伐らせないで」と、母の言葉を伝えると、ロパーヒンは「ああ、すぐに……」と答えて、止めるため出て行く。ここには「見に来てくださいよ――このエルモライ・ロパーヒンが斧を取って桜の園を打ちのめすところを……」と言った、あのロパーヒンはいない。彼にとっては「桜の園の問題」はもう過ぎたことである。自分が出した案も最良のものではなかったし、ましてその自分が買ってしまうとは予想していなかったこと、ラネーフスカヤにはもう何もしてあげられない、たとえ皆が出発した後で、ふたたび樹をたおす音が聞こえはしても……、それはそういう運命としか、言いようがないのである。

チェーホフはモスクワ芸術座のために『桜の園』を着想し、俳優の顔を頭に浮かべながら書いた。ロパーヒンについては、当初のプランから大きく変貌して、ここまで見てきたような人物になった。この役を誰がやるかが、チェーホフにとっては大きな問題であった。

クニッペルへの手紙。「……スタニスラフスキイはとてもすてきな、独創的なガーエフになるだろう。しかしその場合は誰がロパーヒンをやることになるのだ?

ロパーヒンの役は中心的なのだからね。もしこの役が成功しなかったら、それはとりもなおさず戯曲全体がだめになることだ。ロパーヒンをやるのは喚き屋ではだめだ。是が非でも商人である必要もない。これはものやわらかな人間だ。……スタニスラフスキイに手紙を書くとしよう……」(一九〇三年一〇月三〇日)

スタニスラフスキイへの手紙。「……僕はロパーヒンを書きながら、これはあなたの役だと考えていました。もしこの役が理由はともかくあなたのお気に入らないなら、ガーエフをお取りなさい。ロパーヒンは、なるほど商人じゃあるが、立派な人間。彼は十分にあらゆる意味で礼儀正しく、知的で、堂々と、小細工なしに振舞わねばならない。そこで僕は、戯曲の中心であるこの役を、あなたがやれば引き立つだろうと思ったのです。……」(一九〇三年一〇月三〇日)

ネミローヴィチ＝ダンチェンコへの手紙。「……ガーエフとロパーヒン――この二つの役は、スタニスラフスキイに選ばせてやらせること。もし彼がロパーヒンを取り、この役が彼にはまったら、この戯曲は成功するだろう。……」（一九〇三年一一月二日）

この提案に対して、チェーホフがネミローヴィチ＝ダンチェンコから受け取った手紙。「……スタニスラフスキイはずっと（ロパーヒンを）考えています。心配です。彼自身は明らかに欲しています。しかし彼自身と、彼の妻が言うには、彼は普通の（貴族でない）ロシア人を演じて成功したためしはないと言うのです。第一印象では、皆、スタニスラフスキイはガーエフを演ずべきだと思っています。私も同様です。……／……スタニスラフスキイはロパーヒンを演じるのを恐れています。それに、ガーエフはロパーヒンに劣らず重要です……」（一九〇三年一一月七日）

スタニスラフスキイのチェーホフへの返事。「……ロパーヒンは大変気に入っています。私は感嘆しつつこの役を演じるでしょう。でも、私は自分に必要なトーンを見つけられないのです。……ロパーヒンは普通の商人でない、厳しい輪郭を持っている。そこに困難があります。……あなたのお手紙から感じています、私がこの役を演じるようにと望んでいらっしゃる、と。このことを誇りに思い、いっそう強いエネルギーでロパーヒンを見つけ出すよう、努めます。」（一九〇三年一一月三―四日）

しかしスタニスラフスキイはロパーヒン役をとらず、ガーエフ役をとった。ロパーヒン役はレオニードフが演じた。スタニスラフスキイのガーエフ役は、後々まではまり役になったが、芸術座はロパーヒン役を失うことになった。いや、スタニスラフスキイが演じても、成功したかどうかは疑わしいが。

一九〇四年一月一七日初演の日、同時にチェーホフの作家活動二五周年を祝う会も催され、作家自身をうんざりさせていた。

チェーホフをがっかりさせたのは役にはまらない俳優たちだけでない。上演のテンポも遅くて、気に入らなかった。戯曲『桜の園』が気に入っていたV・メイエルホリド[15]は後に芸術座の舞台を見て、総じて劇場が作家の到達した高みをつかみ得ていないし、そのテンポも気に入らなかったとして、チェーホフに手紙を書き送っている。

「……あなたの戯曲はチャイコフスキイのシンフォニーみたいに前衛的です。演出家は何よりもそれを聞き取らねばなりません。第三幕では愚かな足踏み——この足踏みが聞こえねばなりませんが——の背後に、人々にとっての〈恐怖〉が目立たぬように入ってくる。

〝桜の園は売られた〟〝踊っている〟〝売られた〟〝踊っている〟……そんな風にお終いまで続く。戯曲を読むとき、そんな印象があります。……何かの不安、そのなかに死の足音が聞こえてくる陽気さです。……あなたはあなたの偉大な作品で並ぶものなき者になられた。……モスクワ芸術座はこの幕のテンポをあまりにも引き伸ばした……誤りです。」(一九〇四年五月八日)

チェーホフの嘆きの声が聞こえてくる。「……誤解に始まって誤解に終わる——これが僕の戯曲の運命さ。」(クニッペル宛、一九〇三年一一月二五日)

「どうしてポスターや新聞広告で僕の戯曲はあんなにしつこくドラマと呼ばれているのだろう。ネミローヴィチ＝ダンチェンコとスタニスラフスキイは僕の戯曲の中に、僕が書いたものとはまったく別のものを見ている。僕は、二人とも僕の戯曲を一度も注意深く読まなかったのだ、といってやりたい。」(クニッペル宛、一九〇四年四月一〇日)

チェーホフは自分の望んだロパーヒン像を見ることなく、一生を終えた。

(6) 演出家A・エーフロスと俳優V・ヴィソーツキイ

二〇世紀ロシア演劇を知る人には、次の組み合わせは稀有に見える。タガンカ劇場とチェーホフの『桜の園』。演出家エーフロスと俳優ヴィソーツキイ。それが一九七五年秋実現した。タガンカ劇場はユーリイ・リュビーモフ(16)が主席演出家として君臨する牙城。一九六四年シチューキン大学の卒業生の演じるブレヒト作『セチュアンの善人』をもって乗り込んで以来、リュビーモフはブレヒト劇の代表者のひとりとして一連の作品をつくり、モスクワでも独特の雰囲気をもつ劇場にしていた。

エーフロスは現代戯曲を取り上げて中央児童劇場から出発し、レーニン・コムソモール劇場、マーラヤ・ブロンナヤ劇場演出家として、多くのロシア古典のほか『ロミオとジュリエット』演出で知られ、演出手法はどちらかと言うと心理主義的で、チェーホフやシェイクスピアについて語る論客でもあった。一九七五年リュビーモフが初めて海外に出張するに当たり、タガンカ劇場で何かを演出するようエーフロスに依頼し、『桜の園』を上演することで合意した。直前にTVでリュビーモフ主演のブルガーコフ作『モリエール』を演出するという共同作業もしていた。この時エーフロスは五〇歳、マーラヤ・ブロンナヤ劇場ではゴーゴリ作『結婚』が評判を呼んでいたし、モスクワ芸術座ではローシチン作『軍用列車』を演出し、初めての著書『稽古――わが愛』も出たという、いうなれば彼の人生の最盛期だった。この一ページにタガンカ劇場での『桜の園』演出が加わったのだ。

『アナトーリイ・エーフロスの演劇』(モスクワ 二〇〇〇年、四六二ページ、イラスト三二ページ)という書がある。作家、評論家、俳優四一名の執筆者による回想・論文集である。エーフロス演出作品のなかでも、タガンカでの『桜の園』は出色の作品として多くの執筆者が触れているが、注目すべき一つは女優アーラ・デミードワの「一九七五年タガンカにおける『桜の園』稽古日記」であろう。稽古初日(二月二四日)からリハーサル(六月二八日)、初日(七月六日)を経て年末までの記述。これを読むと、エーフロス演出、ヴィソーツキイ共演の『桜の園』はデミードワの念願のレパートリイでもあったことが分かる。稽古の日ごとにエーフロスにぶつける質問、討論、ヴィソーツキイの演技に対する期待と言及、時には稽古の後、演出家とヴィソーツキイとの三人で深夜話し合ったという記述も出てくる。この『桜の園』で、ラネーフスカヤに並び立つ主人公としてのロパーヒンが出現したのだ。

同書には、シャフ＝アジーゾワの「チェーホフ三部作について」の他、トゥーロフスカヤ等にも、注目すべき『桜の園』論が出てくるが、今はエーフロスその人のロパーヒン論、ヴィソーツキイ論に耳を傾けることにしたい。

エーフロスの著作集四巻のうち『桜の園』に言及しているのは、三、四の二巻。このうち第四巻『第四の書』(一九九三年刊)にヴィソーツキイその人と彼の演技に、多くのページが割かれて

A・デミードワ　ラネーフスカヤ役

ヴィソーツキイ　V・ロパーヒン役

『桜の園』
　A・エーフロフ演出。1975年

いる。

エーフロスがタガンカ劇場に招かれた時、このトップ俳優に期待するものは大きかったが、その期待以上のものをこの俳優は舞台に実現させたようだ。タガンカにはダブル・キャストという慣習があって、すべての登場人物にダブル・キャストが指名され、ラネーフスカヤやロパーヒンも例外でなかった。稽古初日、ヴィソーツキイはパリにいて、欠席していた。勿論ダブル・キャストのシャポバーロフがロパーヒンを稽古した。五月のある日のこと、以下、直接エーフロスを引用しよう。

「稽古の後、俳優たちにコメントを与えながら、私は自分のコメントを暗い隅に座っている人間に与えていることに気づいた。その人間が何か特別に耳を傾けているような気がした、私はまさに彼に向かって喋っていようとは思わなかったが。私は知らなかった、それがヴィソーツキイであることを、彼がパリから戻っていたことを。灯りがついて、私は知った。彼はそれ程熱心に耳を傾けていた。なぜなら、彼は追いつきたかった、そしてあっという間に全てを摑みたかった。そして取りかかると、あっという間に追いついた。

彼は、特に第三幕を、ロパーヒンが桜の園を買い取ったことを伝えるシーンを熱心に稽古した。そこには、桜の園の獲得から何の幸せもなかった、というより、やるせなさ、苦しみ、悲しささえあった。悲しみから憤りに移り、憤りのなかで怒りくるって、ぢだんだを踏み、何かを壊して、やっとのことで連れ出される、まさにヴィソーツキイだけが到達できる、悲劇的な緊迫感をあたえる稽古をした。」

（引用は『第四の書』より）

数年後、エーフロスは日本で『桜の園』を演出した。彼は書いている、稽古が思うように進まなかったある日の夜、ひとり宿舎でかつてのモスクワでの舞台の録音を聞いたこと、そしてヴィソーツキイの演技を思い出したことを。この録音はモスクワでもあまり良い状態でない時、すでに暗雲が漂い始めた時に、とっさに家庭用テープレコーダーを直接舞台に載せて録音された。当然雑音は混じるし、俳優たちの状態もよくなかった。ところが、第三幕のヴィソーツキイの出で、彼がいつものように力強く演じているのを聞き取ったと、エーフロスは書いている。「……なんと、この思いもつかない全ての変化を――酔っ払いの絶叫から、小声のうめきまで、彼は支配したことか！　『楽師《ムジカントゥイ》さんたち、演奏してくれ！』この『ムージカーントゥイ』という一つの言葉を信じられないくらい引き伸ばして、そのなかにいくつかの音符が、最も低い音から最高音までがこめられていた。そして、酔っ払いの命令、どんちゃん騒ぎと、その後での静かな小声の早口『なぜ、どうして、あなたは私の言うことを聞いて下さらなかったんですか。』ああ、なんという可能性を――さまざまの複雑な中味から、音楽的なトーンまでを――このモノローグにこめていた事か。ヴィソーツキイは何かを言いよどみ、涙にむせび、しかし叫び終えると、まるで水に溺れた人のように引っ張り出される。……」

（引用は『第四の書』より）

演出家の言及に付け加えることはないが、この三幕までは、ロパーヒンはモノトーンな小声だった。第四幕では人々を早く早くと追い立てる、乱暴に、まるで権力的に、しかし軽やかに、彼自身もいないかのように……。早く終わればよいのに、我々の不幸せな生活が、というように……。

エーフロスの演出についてのヴィソーツキイ自身の言葉を引用しておこう。彼は「稽古の時、俳優たちと一緒に舞台を歩きながら、何かをしゃべっていた。彼はいかにすべきかを語ってはいなかった。ただ、その人物のせりふを繰り返しているだけだった。それが結果をもたらしていた。彼はこの芝居を、自分の劇場・自分の俳優たちでは上演できなかったかもしれない。なぜなら俳優たちはチェーホフを第四の壁のある舞台で演じるのに慣れていた。彼らはせりふを自分自身に、あるいはパートナーに向かってしゃべっていた。ところがタガンカには――異化、観客席に向かってしゃべるというやり方があった。そしてこの芝居には非常に多くのチェーホフ的モノローグがあり、我々はまっすぐ観客席にむかって、遠慮なく役からとびだして、しゃべることができた、他のレパートリイと同じように。……

こういうリュビーモフ的やり方を持つ劇場との仕事が、エーフロス演出に絶大な成功をもたらしたのだ。」

(引用は masya@kulichki. com より)

異化効果がもたらした、モノローグの成功。それは彼の言うとおりかも知れない。しかしせりふを言う時、全く役を離れることはあり得ないと思うが。ともかく、私はヴィソーツキイの舞台を見るのに間に合った、一九八〇年三月に。この年八月、ヴィソーツキイが亡くなり、リュビーモフは『桜の園』をレパートリイから除いた。

(7) **演出家V・プルーチェクと俳優アンドレイ・ミローノフ**

一九八四年思いがけなく全ソ作家同盟の招待をうけて、約四〇日間モスクワ、レニングラード、ヤルタに滞在し、ソヴェート諸劇場を訪問できた。その最初の日、泊まったペキンホテルで知った、ちょうど真向かいのサチーラ劇場で『桜の園』が上演されることを。逃す手はないと駆けつけることにした。運命的な出会いだった。サチーラの五階、稽古場を転用された小舞台で、V・プルーチェク演出『桜の園』を見ることができ、おまけにすぐ傍の客席に演出家自身がいたのも幸いで、インタビューの申し込みを快諾された。

プルーチェクは知る人ぞ知る、演出家P・ブルックの従兄弟、メイエルホリドから演劇の手ほどきを受け、一〇年間をともに過ごし、メイエルホリド演出、V・マヤコフスキイ作『風呂』の舞台に立ったことがある人だ。

サチーラは当然メイエルホリド、マヤコフスキイ的な演目で満たされている劇場だった。ところが『桜の園』は違った。(2)でも書いたように、まず天井いっぱいに映し出された桜の園の影につつみこまれ、静謐《せいひつ》の言葉そのままの舞台進行に惹きこまれ、終わってみればロパーヒン役があの俳優A・ミローノフであったのに驚いたという、意外続きの観劇だった。

プルーチェクは、丁寧に答えてくれた。当時のロシア演劇界のことにも話題は及んだが、ここは『桜の園』に限って報告することにしよう。まず、なぜ『桜の園』なのか、ということ。「チェーホフの最晩年の作品で、美しい人間の魂と時代のプラグマチズムとの葛藤がある。桜の園は伐られ、人生の美が伐りだされる。シンボルとしての桜の園には、人生の問題の全てが含まれている。戯曲には汲んでも尽きぬ魅惑的な秘密がある。私はそこに分け入って、自分自身のコンセプトではなく、作家のテキストを読みこんで到達した自分のチェーホフ理解を示したかった。」

なぜ上演するのか。「チェーホフ自身、スタニスラフスキイの演出が気に入らなかったし、これまでの上演は数々あるが、私は十分と思っていない。

もう一つ、サチーラ劇場の演出、俳優集団には、明るく鋭い表現、風刺性、グロテスク、音楽性などの特性があるが、心理主義的演劇法も獲得しなければならない。これには『桜の園』は最適のテキストだ。」

（以上の答には録音テープの再生だけでなく、彼の発言――「テアトル」誌、一九八五年№1所載「チェーホフには真に美しい人間感情が必要だ」からの引用も含む。）

チェーホフ生誕一二五周年のこの時、プルーチェク自身の必要もあったが、トップ俳優たちの演技洗い出し、これまでの型からの脱却も意図された。この要請にミローノフは応えて新しい境地を作り出した――ミュージカル『フィガロの結婚』や、マヤコフスキイなどの風刺作品に見られる主人公たちと全く違う一面を見せてくれた。

G・ホーロドワ(17)の劇評から。「さて灯りは消え、舞台が始まる。よく知っているテキストとの出会い……今日はどんな風に響くか……彼はラネーフスカヤの領地を買うのか？　ミローノフのロパーヒンにはそんなそぶりも見えない。何かしら従順で、家族めいて、彼女に全心を傾けたような彼が、何よりも欲しないのは、桜の園の取得者になること。こんなロパーヒンを始めて見た。彼は予定された参加を、頑強に拒んでいる。もの思いに沈み、夢見ているようで、無気力なまでにみえるロパーヒンは、欲しない事に従事し、欲するのでなく必要によって動いているようである。『千ヘクタールに芥子を蒔く』エネルギーで、桜の園を別荘地にする案を作った、ラネーフスカヤ領地競売の時は、絶望的に争って勝った――このエネルギーは内部からではなく、どこか外から来たようだ。まるで操られているようで、彼自身止められないとでもいうようだ。……ヴィソーツキイのロパーヒンが、起こったことの結果としてヒステリックなまでに興奮していたとすれば、ミローノフのロパーヒンは、ひどく落胆して、打ちのめされている。思いもしない買い物をしてしまった――つまり負けてしまったのだ。……『全部払ってやる！』……自分のせりふに驚き、狼狽して、ばつ悪げににやりとする。全部は支払えない、自分にとってあんなに大切なラネーフスカヤの幸せのためには払うことができない。ただ一言、涙ながらに言う。『なぜ、どうしてあなたは私の言うことを聴いてくださらなかったんですか？　……今となっては、取り返しがつかないんです……ああ、早く変わってくれないものか、我々のこのちぐはぐで不幸せな暮らしが……。』これは他の舞台にあるような、ラネーフスカヤを慰めるため、彼女を咎めて言っているのでなく、彼が自分自身に向けて言っているのだ。……」

（以上、引用は「テアトル」誌一九八五年№1、「桜の園――過去と未来の間で」より）

長く引用したが、概ね彼女の言うように、私も受け取ったからである。最初の登場からロパーヒンは控えめであった。舞台の隅で「考えるひと」のポーズでしゃべった。「桜の園」救済策も、ラネーフスカヤの後について歩きながら、ひたすら語りかけていた。

A・スヴォボージン(18)はチェーホフの生誕地タガンローグ市で開かれた生誕一二五周年記念祭で、サチーラ劇場の『桜の園』を見ていた。彼は書いている、「ミローノフが演じたロパーヒンは現代チェーホフ劇における事件である」と。

「もしヴィソーツキイがロパーヒンを〈喚き屋でなく〉、〈やわらかい人間〉を演じたとしたら、ミローノフのロパーヒンが〈大声を出さない人〉、〈芸術家肌〉、〈インテリゲンチャ〉であることは——まだ発見ですらない。

ミローノフのロパーヒンの顔から破滅の運命にある影が、何かしら、もし言うなら社会的なとまどいの影が消えない。彼は勝利者か？　彼は〈新しい主人〉か？　たわけたことだ！『みんな来て見てくれ、エルモライ・ロパーヒンが斧をとって桜の園をうちのめすところ、樹々が大地にひれ伏すさまをね！』ミローノフのロパーヒンはこのせりふを、何か不法なこと、人生にあり得ないことの証言をするように言った。彼の心はほとんど終末論的な予感に打ちのめされていた。彼は知っていた、間もなく彼も桜の園を去っていくであろうことを。この悲しみは世紀はじめのロシアの商人たちに、例えばモロゾフ、マモントフ、シチューキン(19)のように運命づけられていた……。彼が破壊してしまったものより、より良い美が存在しないだろう事を、彼は知っていた。」

スヴォボージンはさらに、ラネーフスカヤとの関係について書く。「彼は何とラネーフスカヤを愛していたことか。こんなシーンがある。ラネーフスカヤが旅立ちの前に、彼のところへワーリヤをよこす時、一人になった彼が、鞄の上に彼女が置き忘れた長手袋を見つける。ゆっくりとそれを手に取り、もの思いに沈み、それから元へ戻す。この瞬間に我々は理解する、彼はワーリヤに申し込みをしないだろうことを、またそれは何故なのかを。いや、彼はラネーフスカヤにあからさまな恋をしているわけではない。それは戯曲の作風に反する。彼の前を不意に理想の女性が通り過ぎたのだ、もし彼が百姓の息子でなかったら、もし彼が半分のインテリゲンチャでなかったら、いつもぼんやりと自分自身を見つめているのでなかったら、彼が愛したであろう理想の女性が……。」

スヴォボージンは次の言葉で最後を締めくくっている、「サチーラ劇場の舞台で、ロパーヒンは中心人物になっている。」

（以上、引用は「テアトル」誌、「タガンローグ記念祭前後」一九八五年№9より。この部分は彼の著書『舞台俳優』一九八七年刊にも採録されている）

一九九〇年モスクワで開催された、チェーホフ生誕一三〇周年記念の第一回チェーホフ会議での報告「ロパーヒンの形象と時代の精神」でも、スヴォボージンは同じ指摘をした。「『桜の園』上演を三五見たが、その中でロパーヒンの役作りについて納得した俳優は、ヴィソーツキイとミローノフの二人だけ」と、そして詳細を述べた。

ロシアと日本で私の目にした『桜の園』は二〇余りだが、ロパーヒン役で納得したのはミローノフ以後ない。

（二〇〇六年五月二四日）

注

『桜の園』テキストは、アカデミー版チェーホフ全集第一三巻（一九七八年刊）、一九五―二五四ページ。なおテキスト引用部分には、小野理子氏訳（岩波文庫『桜の園』、一九九八年刊）を使用させて頂いた。

（1）イワン・ブーニン（一八七〇―一九五四）作家。一九一八年亡命。『チェーホフのこと』は一九五五年ニューヨーク刊。引用は尾家順子氏訳（群像

社　ブーニン作品集五、二〇〇三年）を使用させて頂いた。
（2）ニコライ・レイキン（一八四一―一九〇六）
　作家、ジャーナリスト。
（3）コンスタンチン・スタニスラフスキイ（一八六三―一九三八）
　俳優、演出家。モスクワ芸術座創始者のひとり。後年スタニスラフスキイ・システムを編み出す。
（4）オリガ・クニッペル（一八六八―一九五九）
　俳優、一九〇一年チェーホフと結婚。
（5）ウラジーミル・ネミローヴィチ＝ダンチェンコ（一八五八―一九四三）
　演出家、作家、演劇教育者。モスクワ芸術座創始者のひとり。
（6）ヴィクトル・スタニーツィン（一八九七―一九七六）
　俳優、演出家。
（7）マリヤ・クネーベリ（一八九八―一九八五）
　俳優、演出家、演劇教育者。ＧＩＴＩＳ（国立演劇大学）教授も勤める。
（8）アナトーリイ・エーフロス（一九二五―一九八七）
　演出家、演劇教育者。おもにレーニンスキイ・コムソモール（現レンコム）劇場とマーラヤブロンナヤ劇場で仕事。リュビーモフ亡命後は一時タガンカ劇場芸術監督を務めた。、著書に四巻選集など。
（9）アーラ・デミードワ（一九三六―　）
　俳優、「テアトルＡ」主宰者。
（10）ウラジーミル・ヴィソーツキイ（一九三八―一九八〇）
　俳優、詩人、歌手。
（11）ワレンチン・プルーチェク（一九〇九―二〇〇二）

演出家、メイエルホリドの助手を務めたことがある。サチーラ劇場芸術監督。
(12)　ワレーリイ・レヴェンターリ（一九三八―　）
美術家。モスクワ、サンクト・ペテルブルグの主要劇場の舞台装置を作る。
(13)　アンドレイ・ミローノフ（一九四一―一九八七）
俳優。サチーラ劇場のトップスター。現在活躍中のE・ミローノフとは無関係。
(14)　ジノーヴィイ・パペールヌイ（一九一九―一九九六）
演劇評論家。著書に『チェーホフのメモ帖』一九七六年、『あらゆる法則に逆らって』一九八二年など。
(15)　フセヴォーロド・メイエルホリド（一八七四―一九四〇）
俳優、演出家、演劇教育者。劇場建設をめざすが、弾圧により一九四〇年銃殺される。
(16)　ユーリイ・リュビーモフ（一九一七―　）
俳優、タガンカ劇場芸術監督。
(17)　G・ホードロワ（生年不詳）
演劇評論家。
(18)　アレクサンドル・スヴォボージン（一九二二―一九九九）
演劇評論家。作家。著書『演劇人評伝』など。
(19)　「例えばモロゾフ、マモントフ、シチェープキン……」
サッヴァ・モロゾフ（一八六二―一九〇五）
ロシア大富豪モロゾフ家の一族。モスクワ芸術座創設に参加。一九〇五年革命時に「イスクラ」に資金を提供したが、病気などの理由で同年自殺。
サッヴァ・マモントフ（一八四一―一九一八）
実業家。画家、俳優、演出家の友人となり、アブラムツェボに工房を作り、一八八五年モスクワに私設オペラ劇場を作るが、後年全てを失う。
セルゲイ・シチューキン(一八六四—一九三六)
実業家。一八九〇年代より西洋絵画を蒐集。マチス、ピカソ蒐集で知られる。一〇月革命後亡命、パリで死す。
これらの人々については別の一文を要する(桜井)。

チェーホフ作『桜の園』再読

――いわゆる〝チェーホフのヴォードヴィル〟を鍵として――

一九〇一年四月二二日、チェーホフからオリガ・クニッペルに宛てた手紙の一節：

「時どき、芸術座のために四幕のヴォードヴィルか、喜劇を書いてみたいという強い欲望が心に浮かびます。もし邪魔が入らなかったら、書くつもり。ただ一九〇三年の末より早くは劇団へ渡せないでしょう。」

この手紙が、作者の『桜の園』執筆に言及した最初の発言とされている。実際、モスクワ芸術座に『桜の園』が届いたのは、一九〇三年一〇月中旬。

ちなみに、この手紙では、オリガの熱意に負けた形だが、チェーホフが生まれて初めての結婚を決意し、「五月の始め、僕はモスクワへ行くから、できたら結婚式をあげてヴォルガの旅に出かけよう」と書いている。そこに「ついで」のように、上記の文言が記されていた。もっとも、チェーホフは毎回オリガへの手紙では、自分の仕事のことを書き添えているのだが。

チェーホフ生誕一五〇周年記念にあたり、作家の最後の作品『桜の園』をとりあげるのは何よりも私の愛する作品であること。数えきれない程くりかえし読んだり、書いたりしてきた作品だが、作家の到達した極みをもう一度確かめたい思いをおさえきれない。折から、この号（「むうざ」27号）が故小野理子さんの追悼号、彼女の偉大な訳業のひとつである『桜の園』にオマージュを捧げたいこともあり、チェーホフが書いたのは「喜劇か、ドラマか」と繰り返されてきた論争に私も、〝ヴォードヴィル〟をキイにして参加したい、といろいろのわけがあって書くことにした。

チェーホフのヴォードヴィル

（一）

チェーホフはタガンローグで過ごした少年時代から、演劇には関心があり、地元の劇場にしばしば通った。当時、未成年には観劇が許されないにもかかわらず、変装やメイキャップをしたり、友人を頼ってしばしば天井桟敷に忍び込んだという。『ハムレット』、『知恵の悲しみ』、『検察官』などの名作は言うに及ばず、当時流行の数々のヴォードヴィルを見たらしい。『検察官』を家庭で演出し、自ら市長役を演じたと言うし、ヴォードヴィルを書きたいという言葉を兄弟たちは聞いている。実際、まだ中学生の頃「ドラマやヴォードヴィルに着手していたが、自らそれらを破棄してしまった」と弟ミハイルが証言している。

チェーホフの遺した劇作のなかで重要な地位を占めている一連の一幕物戯曲、現在〝チェーホフのヴォードヴィル〟と呼ばれているものは、未完一篇をあわせて一〇篇ある。しかし、それぞれの作品に付された名称は〝ヴォードヴィル〟でなく、〝エチュード〟、〝笑劇（ロシア語で、シユートカ）〟、〝一幕のドラマ〟、〝喜劇〟、〝モノローグ〟である。念のため列記しておこう。（　）内は制作または発表年である。

『街道にて』エチュード（一八八四）、『白鳥の歌（カルハス）』エチュード（一八八七）、『熊』笑劇（一八八八）、『結婚申し込み』笑劇（一八八八）、『タチヤーナ・レーピナ』一幕のドラマ（一八八九）、『心ならずも悲劇の主に』笑劇（一八八九）、『結婚披露宴』喜劇（一八九〇）、『創立記念日』笑劇（一八九二）、『煙草の害について』モノローグ（一九〇二）、『公判の前夜』（未完、一八九〇年代）。

作家が〝ヴォードヴィル〟という言葉を書いているのは、上記一九〇一年四月二二日付『桜の園』執筆についての手紙だけではない。同じ年一二月一八日にもオリガに宛てて「……僕も、悪魔が大騒ぎするような、滑稽な戯曲を書きたいとたえず空想している。できるか、どうかはまだわからない」と書いているし、他にも度々ある。

「ヴォードヴィルを書きたい」はしょっちゅうチェーホフが発した言葉である。後年の『三人姉妹』、『桜の園』については、付された戯曲にはそれぞれドラマ四幕、喜劇四幕と銘打っているものの、モスクワ芸術座との言い争いに作者はしばしば〝ヴォードヴィル〟という言葉を発している。これについては後記することにして、まずヴォードヴィル作品執筆時期にさかのぼろう。

一八八八年一二月二三日、A・スヴォーリン宛手紙：

「……私が（小説を――桜井注）書き尽くした時には、ヴォードヴィルを書くことにします、そしてそれで生活します。私には一年に一〇〇ぐらいは書けると思えるのです。私の中からヴォードヴィルはバクー鉱山の地下から湧く石油のように湧いてきます。……」この手紙の中で、ヴォードヴィル『雷鳴と稲光』の構想を伝えている。

八〇年代終りから九〇年代初めは、チェーホフの言によると、戯曲（『イワーノフ』と『森の精』）および一連のヴォードヴィル執筆による〝強行軍〟の時期だった。しかし同じ頃、I・レオンチエフ（シチェーグロフ）に宛てた手紙にはスヴォーリン宛とは全く別の表現が見られる。

一八八八年一一月二日付。「私が有名なヴォードヴィル作家になったんですって？　なんと褒めたものでしょう！　もしも私が全生涯で、どうにか、こうにか一〇個ぐらいのくだらぬ芝居を書きなぐれたら、ありがたい事です。舞台に対して私は興味ありません。『催眠術の力』を、私は夏に書きましょう――今は書きたくない。このシーズンには一つのヴォードヴィルを書く、それで夏まではお休みです。これが仕事でしょうか？　これが情熱と言えるでしょうか？」

一方では〝一年に一〇〇ぐらいの〟と言い、他方では〝全生涯に、どうにか、こうにか一〇個ぐらいのくだらぬ芝居を書きなぐる〟と言っている、あれも、これも十分の確信を持って。事実は、後者の発言に近かった。

Z・パペールヌイはこの二つの相反する発言について、次のように書いている。「チェーホフのヴォードヴィルについては、この二つの傾向、すなわちヴォードヴィルへの大きな関心と、実際には完成を妨げる力が加わる、という二つが関わっていた。

ヴォードヴィルは劇作家チェーホフの創作に欠くべからざる部分を成していた。しかしヴォードヴィルを始める時、毎回何かが彼を妨げていた。

『ああ、〝北方報知〟は私がヴォードヴィルを書いていると知ったら、私に呪いをかけるでしょう！　でもどうしようもない、もし手がむずむずして何かをやりたがったら、どうしようもない！　どんなに真面目にしようと努めても、どうしようもないのです。そして私の中の真面目なものが、くだらぬものと入れ代わるのです。きっと、これが私の運命でしょう。』（一八八八年二月二二日、Y・ポロンスキイ宛）

ところが、レオンチエフの回想では次のようなチェーホフの実態が語られている。『何年かが過ぎて、モスクワで出会った時に、約束したヴォードヴィル（『催眠術の力』）がなぜ書かれなかったかがわかった。チェーホフはまるで自分に言い聞かせるように考えこんで言った。――どうしようもないのです……気分がのらないのです！　ヴォードヴィルには全く特別な心の状態が必要なのです――まるで成りたての少尉補が抱くような、喜ばしき人生といったような心の状態が。でも、こんな〝悪魔にでも食われろという時代〟にとりかかれるでしょうか？……』

チェーホフのヴォードヴィルは彼の創作の深い底から生まれ出るもの、同時に特別な心の状態を求めるもので、〝悪魔にでも食われろという時代〟が彼を妨げていたというのである。」

（以上、Z・パペールヌイの引用は『あらゆる法則に反して』一九八二年、より）

そもそもヴォードヴィルとは何か。フランス語でvaudeville。手短に言えば、その起源については諸説あって特定できない。一四世紀末から一五世紀初頭、北フランスにヴィールという村があり、そこの一職人が歌が得意で、彼の作った風刺的な歌が谷を越えて各地に広まり、ヴォー・ド・ヴィールと言われた。やがてそれはヴォー・ド・ヴィル（町の声）に転化し、一六世紀には民衆が酒場で歌うシャンソンになって普及した。つまりヴォードヴィルの原義は、酒席で歌われるいささか猥雑な歌であり、この形で一八世紀の終りまで続いた。一方演劇との関連で言えば、一八世紀始め、縁日芝居でヴォードヴィル付喜劇（すなわち歌と踊りを伴った喜劇）がうまれ、これが発展して、多くのヴォードヴィルが作られ、当然多くの作家がうまれたが、パリに〝ヴォードヴィル劇場〟が開場する（一七九二年）までになる。有名な作家の一人にE・スクリーブ（一七九一―一八六二）があり、他の作家たちとの共作で約三五〇篇のヴォードヴィルを書いたと言われる。一九世紀前半、ヴォードヴィルはメロドラマと並んで最盛期を迎えたが、やがてこのジャンルは風俗喜劇にその地位を奪われるが、ヴォードヴィルの形態にも変化が生じ、筋立ての込み入ったややドタバタ風の軽演劇一般を〝ヴォードヴィル〟と言うようになった。

（二）

一方、ロシアでは一八一〇年代から、伝統的なコミック・オペラを基礎にロシアのヴォードヴィルが生まれた。すなわち民族的な歴史や現在の世相を主題に、民謡にもとづいて作曲された音楽を伴う一幕劇である。初期作家にA・シャホフスキイ、N・フメルニツキイ、A・グリボエードフがいる。デカブリストの乱（一八二五）以後、当局の指導で社会政治問題を避けた娯楽本位のヴォードヴィルが展開されたため、ゴーゴリやベリンスキイは激しく反発した。しかし一八三〇―四〇年代には現実の醜い面を暴く多くのヴォードヴィル、すなわち地主、商人、役人たち、賄賂のきく反動ジャーナリストなどを風刺対象にするものが生まれた。四〇年代にはヒーローでない主人公――小さな人間が現われる。五〇年代には大きな社会問題を上演するリアリズム演劇の発展のせいで、六〇年代にはブルジョア観客にもてはやされたオペレッタの成功のせいで、ヴォードヴィルは次第に追い落とされていく。しかしロシア・ヴォードヴィルは優れた喜劇・ヴォードヴィル役者、例えばM・シチェプキン（一七八八―一八六三）などのお陰で、劇場のレパートリーに留まっていた。一九世紀後半には劇場のレパートリーから次第に消えていったが、ここで目立ったのがチェーホフのヴォードヴィルである。

チェーホフは伝統的な音楽挿入は避けたが、典型的なヴォードヴィルの構成、〈パラドキシカルなもの（逆説性）、突発的な行動、思いがけない展開〉を守った。同時にチェーホフはヴォードヴィルの主人公たちの性格を豊かなものにした。ヴォードヴィル規定の一つとして「それぞれの容貌がその人物の性格に合うものでなければならないし、また自分の言葉でしゃべらなければならない」と言っている（一八八七年一一月一五日、A・ラザレフ宛手紙）。ここで「容貌」というのは、その登場人物の性格を、主要な基本的な特徴で描き分けるためだし、人物たちのせりふも、互いに似ないだけでなく、その人物の性格をより適確に鮮明にするため「自分の言葉でしゃべる」よう求めているのだ。

また、チェーホフはヴォードヴィルを狭い枠から連れ出して、より広く深い可能性を開いた。軽い軽喜劇の特別ジャンルとしてのヴォードヴィルを、伝統的概念の外へ連れ出したばかりでなく、喜劇を拘束している枠の向こうへ引き出し、さらに先を目指した。その証左ともなるのは次の発言である。一八八八年一〇月一四日、スヴォーリン宛にこう書いている。

「……大きな戯曲と一幕物戯曲の差は、ただ量の問題だけです。あなたも、急がずにヴォードヴィルをお書きなさい……。」手紙の末尾に、「ヴォードヴィル」とは「一幕物のドラマあるいはコメディ」という注を添えている。

この時、チェーホフはヴォードヴィルばかりでなく、ドラマとコメディの境をも飛び越した概念を規定している。この一見あまりにも逆説的なヴォードヴィル定義はどこからきたのか？ G・ベールドニコフによれば、「それはロシア演劇の実際であり、ロシアの諸条件の中で、すでにグリボエードフ、ゴーゴリ、ツルゲーネフに始まるもので、コメディは陽気な見世物でなければならないという概念をまったく退けた、コメディへの幅広い理解のしかたなのである。チェーホフによって継承されたロシア古典喜劇の伝統に従えば、コメディのジャンルを規定する主要なものとは、特定の社会現象の暴露や嘲笑によるペーソスのなかにある、と言えよう。しかしこの暴露や、嘲笑でさえも、おそらくさまざまな方法によって達成するものであり、その結果、コメディはかならず陽気で滑稽な作品であらねばならぬ、ということは全くない。」その例として、ベールドニコフは「グリボエードフの『知恵の悲しみ』、ゴーゴリ作品における笑い、ツルゲーネフの喜劇（『村のひと月』など）」を挙げている。

（以上、G・ベールドニコフの引用は『劇作家チェーホフ』一九五七年、より）

事実チェーホフの〝ヴォードヴィル〟諸作は、ヴォードヴィルを狭い伝統的枠から引き出して、新しい可能性――現実生活の現象をより広く、深く把握する可能性――を開いた。チェーホフ自身ヴォードヴィルの筆をすすめる中で、題材の選択・主題・描写の深化はめざましく、初期の『熊』と、後の諸作『結婚披露宴』、『煙草の害について』などを比べればその差は明らかである。

ここで彼のヴォードヴィル諸作品を個々に論じる余裕はないが、初演および話題の上演をかいつまんで紹介しておこう。

『白鳥の歌』――　初演、コルシ座（ダヴィードフ主演）一八八八・二・一九。

『熊』――　初演、コルシ座、一八八八・一〇・二八。作家アントロポフ、ツルゲーネフの各一幕と共に上演されたが、最も成功したのはチェーホフで、作者は二度も舞台へ呼び出された。

『結婚申し込み』――　初演、一八八九・四・一二。ペテルブルグで。

『結婚披露宴』――　一九〇〇・一一・二八。モスクワの狩猟クラブで催された「チェーホフの夕べ」で。この時上演されたのは『白鳥の歌』、『熊』、『結婚申し込み』、『創立記念日』、『結婚披露宴』の五つであった。

『創立記念日』――前記、「チェーホフの夕べ」で。ペテルブルグ初演は一九〇三・五・一。

『結婚披露宴』のすぐれた上演の一つは、一九二〇年、E・ワフタンゴフ演出によるモスクワ芸術座第三スタジオにおけるもの。

演劇史上に有名なものは、一九三五年、V・メイエルホリド演出の『三十三回の失神』。これは『結婚申し込み』、『熊』、『創立記念日』による構成劇である。

筆者が見た舞台で忘れ難い二つを挙げておこう。一つはP・フォメンコ演出の『結婚披露宴』(一九九六年、モスクワ演劇大学〈GITIS〉の演技科・演出科学生出演)。後にチェーホフ演劇祭でも上演された。

もう一つは、『タチヤーナ・レーピナ』、V・フォーキン構成・演出、〃モスクワ青少年劇場〃で上演(一九九九年)。アヴィニヨン国際演劇祭でも上演したもの。それまでこの作品は上演されたことがなかった。(わずかに一九九八年ゴーゴリ劇場が上演)

ヴォードヴィルな『桜の園』

(一)

チェーホフは『かもめ』、『ワーニャおじさん』二作の上演成功を契機として、モスクワ芸術座との親交を深め、いよいよ座付き作者として書いたのが『三人姉妹』であり、最後の作品『桜の園』である。その『三人姉妹』のときに、既にヴォードヴィル論争を芸術座の首脳部と交わしている。

K・C・スタニスラフスキイの証言。「チェーホフは陽気なコメディを書いたと信じていた。しかし、戯曲の本読みを聞いた皆は、それを聴いて、ドラマと受け取って涙をこぼした」。オリガ・クニッペルによると「本読み」は一九〇〇年一〇月二四日のことだったらしい。「……本読みの後、なにか、ためらいと沈黙が辺りを支配した。……私たちのあいだにこんな言葉が聞こえました――これは脚本じゃないね、ただの筋書きばかりだ……。」

Ｉ・ネミローヴィチ＝ダンチェンコは回想している。本読み後、「チェーホフは当惑しながら繰り返した。『僕はヴォードヴィルを書いたんですよ……』と。結局私たちはこうして理解できなかった。何故『三人姉妹』の原稿にドラマと銘打ちながら、彼がそれをヴォードヴィルと言うのかを。」（ネミローヴィチ＝ダンチェンコ「過去より」一九三八年、より）

本読みの時だけではない。『三人姉妹』初演後も、作者は稽古や舞台上演に何度もつきあいながら、論争をした。今は『桜の園』に話を移そう。

作者はこの文の冒頭に紹介したように、『桜の園』執筆を一九〇一年辺りに考えはじめ、芸術座に約束しながら、戯曲を渡したのは一九〇三年一〇月だった。彼の執筆は意外と難航し、病気と他の作品執筆・用事が作者を妨げていた。一九〇三年三月着手し始めたが、人物像が定まらず、二転、三転、戯曲全体が形を成したのは夏だった。

「この戯曲をコメディと名づけます。」（ネミローヴィチ＝ダンチェンコ宛、一九〇三、九、二）

「出来上がったのは、ドラマでなくて、コメディ、ところどころファース（笑劇）です。」

（Ｍ・Ｐ・リーリナ、女優・スタニスラフスキイ夫人宛、一九〇三・九・一五）

「最後の幕は陽気なものになるでしょう。それに戯曲全体が陽気で軽みのあるものです。」

（オリガ・クニッペル宛、一九〇三・九・二一）

「……戯曲は清書ちゅう、もうすぐ終わります、誓って。……きみに断言するけれど、一日よけいかければ、それだけいっそう効果があらわれる。というのは、ぼくの戯曲がますますよくなり、人物がいよいよはっきりして来るのだから。」（オリガ宛、一九〇三・一〇・九）

チェーホフは二度の清書を終えて、一〇月一四日、原稿をモスクワのオリガに送った。一〇月一八日、戯曲はオリガのもとに届いた。彼女はまず自分が一読し、チェーホフに電報を打つと共に、芸術座にかけつけ、ネミローヴィチ＝ダンチェンコに戯曲を手渡し、直ちに劇団員が聞きに集まった。今回、ダンチェンコは直ちにチェーホフのところへ、一八〇字の長文の謝辞と感想の電報を送り、スタニスラフスキイもこの戯曲をむさぼり読んだ。チェーホフ自身は、芸術座のすばやい反応に安堵すると共に、第二幕や第四幕に更に手を入れたり、配役についてこまごまと何度も芸術座への申し入れをしている。閑話休題、芸術座とのことはおいといて、チェーホフの作品そのものについて書くことにしよう。

前項〈チェーホフのヴォードヴィル〉にチェーホフ自身が規定していた条件に照らして、『桜の園』はまさしく「ヴォードヴィルな人物たち（それぞれの顔をもち、性格・特性をもち、それぞれの言葉遣いや行動癖のある人物たち）の造形と、ヴォードヴィルな状況（沢山の小さな衝突、ミニ・モチーフを含めて）の設定で際だつ」作品である。

チェーホフ戯曲の常として、特定の主人公はなく、登場人物がそれぞれの重さで等しく描かれる。

また、この戯曲は〝すばらしい領地・桜の園〟を失ったばかりでなく、リアルな〝時〟の感覚を失った人々についての戯曲である。この〝時〟――ロシア語で言う время は、単に短い時間や、時刻を指すだけでなく、特定の時間、季節、時代をも意味する――というモチーフ、その中で〝時〟に乗り遅れないように急ぐ人もあれば、まったくその〝時〟の感覚を失った人もいるし、〝時〟に忘れ去られる人もいる、そういう人々についての戯曲である。中心にある出来事は、ラネーフスカヤの〝桜の園〟をふくめた領地が競売に出される事だが、これは第一幕（五月のある朝）から明らかにされている、つまり皆が知っている。競売は予定通り、八月二二日（第三幕）にあったが、それで戯曲の幕は下りない、チェーホフはそれから一月半後の一〇月のある日で、第四幕の幕を閉じている。

第一幕、五年ぶりに帰ってくる〝桜の園〟の主人ラネーフスカヤを出迎えようとしていたロパーヒンは寝過ごして駅には間に合わない。ロパーヒンは第三幕、競売のあった日も、ガーエフとともに列車に乗り遅れた。第四幕、園の新たな持ち主となったロパーヒンは、人々が列車に乗り遅れないように急がせている。自身も仕事でハリコフに行く予定である。

急がせるロパーヒンに対して、ラネーフスカヤは「わたしはもうちょっとだけ、座っていくわ。この家の壁がどんなで、天井がどんなだったか、これまで一度も見たことがなかったみたい。……」と最後まで残り、「……亡くなったお母様は、このお部屋を歩くのが好きだったわ……」と思い出に浸ろうとする。皆が出ていき、鍵の掛かった後に、一人フィールスが出てくる。「……行ってしまわれたな、わしのことは忘れて……。まあええ、ここに座っていよう……。」

時を追いかける人、「もうちょっとだけ」と止めたい人、時に取り残される人、さまざまな人物たちが出てくる……。

（二）

チェーホフは最後の戯曲執筆にずいぶん時間をかけたが、それだけに目配りも利いてよく出来ている。東洋風に言うと〝起承転結〟のきっちりした四幕という気がする。チェーホフはこの〝起〟の第一幕で、すべての登場人物を手順よく登場させ、それぞれの性格も、はらんでいる問題・状況も描いている。

まず登場するのが、ロパーヒンと女中ドゥニャーシャ。ロパーヒンは寝過ごして出迎えに遅れ、問わず語りに言うのが、五年ぶりに会うラネーフスカヤが自分を覚えているだろうかということ、少年の日に優しくしてもらった思い出、自分が父祖の代から百姓だったこと、今はうんと金を持っていることなど、チェーホフが〝中心的な役〟と名指した彼の過去・現在がさらりと語られる。そこへ登場するのが、最も単純な意味でのヴォードヴィル的なタイプの事務員エピホードフ。きゅきゅと鳴る靴、いきなり取り落とす花束、もったいぶった一知半解的なもの言いなどの特徴をもつ。毎日事を起して〝二十二の不幸せ〟というあだ名をもらっていると、ドゥニャーシャが告げ口、ついでに自分が求婚されていることも言う。ロパーヒンには女中の話はどうでもいい。二人は出迎えのため退場。

空になった舞台へ、旅装をしたラネーフスカヤ、娘アーニャ、家庭教師シャルロッタを先頭に、出迎えに行っていたワーリャ、ガーエフ、ピーシチクとロパーヒンが登場。通りすがりに、この部屋が〝思い出の〟子ども部屋であることが言われる。皆が通り過ぎたあとに残った養女ワーリャ（二四歳）と、アーニャ（一七歳）の話は、まずパリでの母の生活、八月の競売のこと、「利子が払えた？」と言う話題。更にペーチャが別棟の風呂に泊まっている話から、六年前弟のグリーシャが川で溺れ死んだこと、それを期に母が〝桜の園〟を捨ててパリに出奔したこと、しかし追っかけてきた男のために母が買ったマントンの別荘を失った事もわかる。そこへドアから顔を出したロパーヒンが「メエ、エ」と言って引っ込む。ワーリャが怒り、アーニャが訊ねる「あの人申し込んだ？」、ワーリャは彼を憎からず思っているらしいが、話は一向にないらしい、と分かる。二人ひっこみ、ドゥニャーシャ一人のところへ、母のボーイのヤーシャが通りかかり、「きゅうりちゃん」と彼女をいきなり抱きしめて、去る。老齢の召使フィールス登場。「奥様がお帰りになった……長生きした甲斐があった」というが、ドゥニャーシャの手落ちをとがめ「недотёпа（未熟者め）」と言って叱る。

ラネーフスカヤ、兄ガーエフ、ロパーヒン登場。ここで〝時〟のテーマが出てくる。ガーエフ兄妹の話にロパーヒンが割って入った形で。

ガーエフ　……それが今や私も五十一だ。信じられないね。

ロパーヒン　Да, время идёт.　（さよう、歳月、人を待たず、ですな。）

ガーエフ　Кого?　（あん？）

ロパーヒン　Время, говорю, идёт.　（歳月、人を待たず、と申しましたが。）

ガーエフ　ここは防虫剤の匂いがする。

（カッコ内は小野理子氏訳）

これは一方では、まったくかみ合わない会話の見本みたいなシーンだ。ラネーフスカヤがコーヒを飲む間に、ロパーヒンが〝桜の園の救済策〟の提案をする。即ち、領地（邸と桜の園を含め）を分割して別荘地として貸し出すという案である。兄妹は鼻にもひっかけぬ呈だが、「古い桜の園も切り払って……」と言いかけると二人は猛然と反対する。ワーリャ登場、母にパリからの電報を手渡す。ラネーフスカヤは見もせず「パリのことはお終い」と破り捨てる。ガーエフは百年前制作の本棚に向かって敬意の演説を始め、皆に制止されて、いつもの癖の玉突きの仕草へ。ロパーヒンは〝別荘地案〟を残して退席。ピーシチクという近隣の地主がここに居合わせるわけが分かった。彼の領地も抵当にかかっていて、その利子の支払いのため、ラネーフスカヤに借金をするため来たのだった。そろそろ日が昇る時刻だ。ワーリャが、つづいてガーエフが窓を開けると、外は一面の真っ白な桜の花ざかり。ラネーフスカヤは清らかだった幼い頃を思い出し、亡き母の面影さえ樹影に見つける。トロフィーモフ登場。ラネーフスカヤは家庭教師だった彼を見て、息子を亡くしたことを思い出す。彼はいまだに大学生、しかもみすぼらしく禿げあがっている。ラネーフスカヤが去った後、残ったガーエフは彼女の結婚の失敗や、身持ちがよくない、だから大金持ちの伯母を当てに出来ないことなどを、ワーリャ相手に話す。しかし寝たはずのアーニャが聞いていた。ガーエフはアーニャ、ワーリャを前にして、競売を阻止すると大風呂敷の約束、フィールスに叱られて寝室へ退散。ワーリャはアーニャに「留守中嫌なことがあってね」と話しかけるが、アーニャは眠りこんでいる。寝室への行進。トロフィーモフが「ぼくの太陽」と見送る。

ここまで字数を削って簡単に書いたが、それぞれの人物のヴォードヴィル的性格・状況をあらわすエピソードが、次ぎ次ぎに展開される。ともかく、第一幕での全員登場を確かめた。

第二幕は、数週間後の野外。はじめに召し使いたち、後に主人たちが登場して、それぞれの日常が描かれる。ロパーヒンは相変わらず、主人兄妹に〝領地分割案〟の実行を迫る。というのは、競売に有力候補が名乗りを挙げて、危険が現実味を帯びてきたからだが、兄妹の方は相変わらずのらりくらりとして動こうともしない。この幕でことに印象的なのは、皆（上記の三人の他に、アーニャ、ワーリャ、トロフィーモフ）がひとしきりおしゃべりをして、しばしの沈黙の後（離れて、フィールスが何やら呟いているが）、「突然、遠くで音が響く。天から降ってきたような、弦の切れたような、すうっと消えていく、もの悲しい音」である。その時までてんでばらばらに、各人が思い、しゃべっていたのが、突然のこの音のあと、皆一斉に何の音なのかとしゃべり始める。皆を瞬時に集める、巧妙なチェーホフの仕掛けだ。しかしこの音が何なのかは、いまだ明らかでない。この音、終幕のフィールス一人を残して全員去った後に、もう一度響く。

第三幕、大広間とアーチで隔てられた客間。舞踏会。と、言ってもラネーフスカヤの思いつきで開かれた会で、彼女の現況を思わせる限られたお客の数だ。シャルロッタが手品で活躍する。しかも皮肉にも「このすてきなショールを売りましょう」の言下に現われたのが、アーニャ、そしてワーリャ。いまどこかで〝桜の園〟が売られ、一家の運命も決まっていようという時刻に、この皮肉！

クライマックスはロパーヒンが登場して、桜の園は「わたしが買いました」に始まるモノローグである。このモノローグから響きだす、彼の現在・過去の多声の世界――〝商人〟として競り勝った喜び、一方ラネーフスカヤを救いたくて救いきれなかった無念、自分の血の中にある父祖からの農奴の恨み、いま農奴出のエルモライが見事な桜の園を買った喜び、しかし目の前に泣き崩れる主人を見て「ああ、我々のこのちぐはぐで不幸せな暮らしが、早く変わってくれないものか……」という嘆き――は圧巻である。（ロパーヒンという形象については、「『桜の園』のロパーヒンについて」をご参照願いたい。）

第四幕。一〇月のある晴れた日。新たな主人となったロパーヒンが列車出発の時間に遅れないよう、人々を急がせている。チェーホフ劇のお決まりである「人々の出会いに始まり、出発・離散に終わる」は、この最後の戯曲でもその通りになった。ラネーフスカヤは伯母が〝桜の園〟救済のために送ってきた金――いつまで保つか、分らない金額――を持ってパリの男の許へ出発する。ガーエフは銀行勤めが決まっている、勤まるか、どうかと危ぶまれながら。結局、兄妹は〝桜の園〟喪失をあっさりと受け入れていた。アーニャは学校へ、彼女の持分である筈の金は母が持っていってしまった。でもトロフィーモフとの会話で勇気づけられた彼女は、前途をあまり心配していない、それ程幼いと言うべきか。トロフィーモフはとりあえずモスクワの大学へ、人々の最前列に立つ覚悟だけを持って。ワーリャは、ロパーヒンの申し込みもなく、家政を託された他の地主の家へ。ロパーヒンはもとの忙しい実業家の生活へ戻る。〝桜の園〟も彼の管理下になり、エピホードフを管理人に雇うことにした。住むべき家もないシャルロッタは、次の雇い先をロパーヒンに頼む。ヤーシャは意気揚々とパリへのお供をする。ドゥニャーシャについては書かれていないが、当然エピホードフに嫁ぐだろう。見事なまでに、てんでばらばらな行方をもつ人々。一人、忘れられたフィールスは暗い部屋に取り残される。その時、第二幕にもあった「天から降ってきたような、弦の切れるような音が……」響く。一体、何の音か？　作者はこの音の出来具合を気にして、モスクワ芸術座に何度も申し入れをしていた。

(三)

〝チェーホフ的ダイアローグ〟、即ち「会話の中断・不成立」の事。その一例は、第一幕の〝時〟をめぐる会話で触れた。誰かと誰かの会話の最中に、相手に求められた返答をしないだけでなく、それぞれが勝手にしゃべって話が噛みあわないとか、第三者や予期しない事柄の浸入で、対話が成立しないばかりか、思わぬ効果を生むことなどが、チェーホフ劇ではしばしば起こる。これを〝チェーホフ的ダイアローグ〟と言っても悪くはないだろうし、彼のヴォードヴィル的手段の一つに数えてもいいのではないか。

しかし、ダイアローグが途切れたとしても、対話者たちが別に聞き逃しているわけではないこともある。それぞれの対話者には内に秘めた、継続した心理的流れがあったり、口には出さない問答が続いていたりすることもある。それが別の時に、口をついて出てきたり、行動で示されることもある。いわゆる、〝水面下の流れ〟といわれるもの、それを読み解く楽しみがチェーホフ劇にはある。

さて、ガーエフには、とりわけチェーホフ的ダイローグが目立つ。第一幕で〝時〟の場合発したkoro（あん？）を、ヤーシャに対しても言うし、アーニャに聞かれていた時の照れ隠しにも言う。文法的にも意味不明なkoroはガーエフという人物のヴォードヴィル的描写の最たる〝もの言い〟だろうが、外国人が聞くときには捉えがたい一つだ。ともあれ、ガーエフは日頃、下種《げす》、守銭奴と蔑んでいるロパーヒン（そのくせ、妹が彼に無心した金で食事に行くことを何とも思わない）に対し、この言葉を頻発する。第二幕、〝領地分割案〟のことで返答を迫られると、思わずこの言葉を発するし、兄妹の手ごたえの無さに、ロパーヒンが思わず「あんたは女の腐ったような人だ！」の罵詈にも、この言葉で返すしかない。大体、労働を知らず、先祖から受け継いだ領地の上がりで生活している地主族には、自身達の衰退期を迎えた時代の流れは理解できず、「別荘に別荘族なんて、低級なのよねえ、（第二幕、ラネーフスカヤのせりふ）」なのだ。

一方、ロパーヒンも兄妹の反発を、その理由を察することが出来ない。反って、別荘族がそれぞれの方法で、一帯を豊かな楽園に変える風景を夢見ている。だから〝桜の園〟を手に入れた現在（一〇月）では「桜の園を打ちのめすところを……皆さん、見に来てください」と、あの時言った気負いもなしに、事業家として人々が去った後、樹を切り倒す。

「領地喪失」という「当事者の深刻な悩みや喜びが、他の者の目には全くつまらぬ、滑稽なこととしかうつらない。この主観と客観の食い違いこそが、チェーホフをして『桜の園』を「喜劇」と呼ばせる所以であった。」と、小野理子さんは〝岩波文庫〟の解説に書いている。この「喜劇」説に異論は無い。しかしこのエッセイでは、もう少し微細な部分までヴォードヴィル劇として、見て行きたい。

ガーエフの形象には、このkoroという妙なせりふだけでなく、玉突きの仕草と口癖、演説癖（八〇年代人という自負があるらしい）、服装などはフィールス任せで、ドロップを口にする癖もある。大体、自分の持分の遺産も妹の財産も護りきれず、結局は座して見送るしか能がない男であった。全くヴォードヴィルな人物である。

ラネーフスカヤは見た目も美しく、人がよくて、親切、「いつも微笑んでいる（チェーホフの指摘、一九〇三年一〇月一四日、オリガ宛）」。だが、浮気っぽく、金銭感覚に欠ける、その意味ではいささか軽薄である。パリの男に対して持つ感情は、男から受け取る電報の扱いで分る。この扱いが一幕ごとに異なっていて、おかしい。第一幕では見もせず、破り捨て、第二幕ではポケットから取り出して、破り捨て、第三幕ではもう破らない。「ほんとにわたし、パリに行って、あの人のそばにいてやるべきかもしれない……」と、トロフィーモフに告白する。事実パリに出発するのは、前に書いた通り。ロパーヒンに借りた金で散財するばかりか、財布を手から滑らせて金をばらまく、見知らぬ浮浪人に金貨を与える、ちょっと見てはおられぬていたらくだ。それに、彼女はガーエフに劣らず、会話の途中で、他の事を口走ったり、立ち上がったりする。ロパーヒンの切ない打ち明け「身内のように、いや身内以上に……」の言葉半ばでも、立ち上がる。いや、こんな告白めいた言葉には誰でも彼女のように立ち上がるかもしれないが。

ロパーヒンはチェーホフの言う「中心的な人物」。〝時間〟を追っかけているが、時には乗り遅れることもある。エピホードフと同じようにテーブルにぶつかって、燭台を倒しそうにもなる

（第三幕、モノローグの後）。同じ階級出であるワーリャの自分に対する思いには、想像力が足りない。ラネーフスカヤに対するような思いがあれば、第三幕のワーリャの投げ出した鍵束をひろい「まあ、どうでもいいが……」はないかも知れないし、第四幕の最後のそっけない会話はないかも知れない。そもそも、親しさの裏返しかもしれないが、第一幕の「メエ、エ」と同じようなからかいが、第二幕にも出てくる。「オフメーリヤ、尼寺に行きゃれ……」。これは縁談うんぬんの後だから、照れ隠しもあるだろう、しかし言い過ぎではないかと思うせりふである。

チェーホフは、他の人と違っていつも働いているワーリャにも、ヴォードヴィル的な二つのシーンを与えている。第三幕、振り上げたステッキで、エピホードフの代わりにロパーヒンを打ってしまう。終幕では振り上げた傘で、ロパーヒンをぎょっとさせる。

トロフィーモフがアーニャに語りかける〝桜の園〟の真実についての美しい言葉は、アーニャをして、〝桜の園〟を捨てさせるが、〝償い〟とか〝労働〟までの理解を得られたのか、どうか。アーニャが返すのは「なんてうまく表現なさるの！」という言葉だからだ。「アーニャと僕は恋愛を超えた高みにいる」は、ラネーフスカヤに「じゃ、わたしは恋愛以下の低みにいるわけ……」と反省を誘う。しかし「……あなたも勉強して、大学を出なくちゃ……」、「一人前の男にならなくちゃ。……あなたなんか、恋愛まで成長してない、フィールスの言う『未熟者め』じゃないの。その年で情婦の一人も持てないなんて！」とまで言われて、憤慨し、絶交を宣言するのはいいが、その後すぐ階段から転げ落ち、皆に大笑いされるという、〝エピホードフ的〟落ちがついてしまう。

トロフィーモフは、同じ雑階級出のロパーヒンに寄せる親近感を、ワーリャにはあまり持たない。彼女の信仰深さを嘲笑するせりふを二度、三度投げつける。同じく「マダム・ロパーヒン、マダム・ロパーヒン！」という嫌がらせを一度ならず言う、その度に「毛をむしられた旦那」と言い返されるが。しかし第四幕では、オーバーシューズの古さ、汚さに、かえってワーリャの涙を誘う。事実、彼は金も持たず（提供しようというロパーヒンの申し出をきっぱり断っている）、これからも苦労するだろう事は見えている。美しい言説を発するが、実践の方は危うい。チェーホフはトロフィーモフのために、検閲から苦情が出ないか心配したが、他方では彼の形象の書き足らなさも案じて、オリガ・クニッペルに書き送っている。「なにしろ……ちょいちょい流刑にあって、ちょいちょい大学を追い出されている。こういった類のやつをいったいどう描く？」（一九〇三年一〇月一九日）幸い、検閲から指摘されたのは、二、三の語句だけだったらしい。

トロフィーモフがロパーヒンについて、彼の二面性を指摘する場面が出てくる。チェーホフの言う「中心的な役」を補完する重要な言葉だ。第二幕「ロパーヒン氏は金持ちだ、もうすぐ百万長者になる人だ。この世の新陳代謝のために、ゆくてをさえぎるものを食べてしまう猛獣が必要なように、彼もまた必要な人間だ……」。第四幕「最後に一つ忠告させてくれないか。あんた、その両手を振りまわすのは、やめたまえ。／……ま、そうは言っても、やっぱり僕はあんたが好きだけどさ。あんたは、ほっそりと優しい、芸術家みたいな指をしているね。心だって繊細で優しいんだ……。」

この後者の指摘、「芸術家みたいな指」、「繊細で優しい心」に見合うロパーヒン役の俳優が見つからなかったのは、チェーホフにとっての不幸せだった。スタニスラフスキイやダンチェンコと度々話しあったが、どうにもならなかった。ここではチェーホフ氏自身が、ヴォードヴィル的存在だったと言えるかも知れない。

噛み合わないダイアローグは、脇役であるドゥニャーシャとヤーシャの間にもしばしば交わされる。ドゥニャーシャの思い込みと、ヤーシャの自分勝手な説教。「……おれの考えでは、娘さんが誰かに夢中になるというのは、それだけでふしだらなことですぜ。」彼は、主人たちの悪い面を見習った、フィギュアだ。

噛みあわないダイアローグは、耳の遠いフィールスにしばしば出てくる。しかしチェーホフは〝桜の園〟の往時の繁栄などを、彼に語らせている。

カリギユラ帝ゆかりの〝馬〟の末裔だと自ら言うピーシチクは、いつも借金の調達に追われる地主階級のヴォードヴィル的形象だが、「会話中に鼾をかき、すぐに目を覚ます」特技の持ち主で、口癖のように「娘ダーシェンカからよろしく」と言いつつ、なぜか僥倖に助けられている。自分の所有地に鉄道が通ったお陰だの、イギリス人に地所を貸したためだの……。チェーホフはこれらの形象、〝鉄道〟や〝イギリス人〟を借りて、時代の動きをさりげなく描写している。

シャルロッタは、チェーホフ自身も言う「よく書けた」、「重要な役」である。第二幕冒頭のモノローグで、パスポートもなく、自分の年も分らない、生まれ故郷も身分も知らない、話し相手もない、孤独な身であることを言う。彼女ができるのは手品・腹話術だけか？

第四幕で、ガーエフは「苦労なしのシャルロッタが歌っている」と言うが、事実はこうだ。

「シャルロッタ　(赤ん坊をくるんだような包みを抱いて) あたしの赤ちゃん、ねんねん、ころり……(オギャア、オギャア) 泣くんじゃない、坊やはいい子だ、ねんねんよ……(オギャア、オギャア) おお、なんて可哀そうな子だろう! (包みをほうり投げて) ねえ、きっと仕事の口をめっけてくださいよ……。」

と最後のせりふはロパーヒンに向けて言う。天涯孤独、住む家が無ければ、現代のホームレス同然なのだ。捨てられるのは、彼女だけだろうかという皮肉も感じられる。

実はシャルロッタ程ひどい状況になくても、さびしい心は誰にでもあるだろう。ラネーフスカヤが第三幕で、競売の結果を待つ間、舞踏会の最中にトロフィーモフ相手に、こんなせりふを言う。「……ここはうるさくて、音がする度に心も体もビクッと震えるわ。でも自分の部屋にも帰れない、静かな所でひとりぼっちになるのが怖い……」そう、静かな所のほうが、彼女には怖いのだ。

呑気なガーエフでさえ、邸を去るとき「みんな我々を捨てて行く。ワーリヤも行ってしまうし……」と言う。これまで面倒な家事を任せて、なんの配慮もしてやらなかったワーリヤに言及しているのがおかしい。

メイエルホリドがモスクワ芸術座の『桜の園』を見た後、チェーホフへ寄せた手紙を思い出す。(一九〇四年五月八日付)

「第三幕では、愚かな〝足踏み〟の背景に——この〝足踏み〟を聞き取る必要があるが——こっそりと人々に「恐怖」が近づいて来る。

〝桜の園が売られた〟、〝踊っている〟。〝売られた〟、〝踊っている〟。そうして終りまで続く。戯曲を読んだ時、あなたの短編『チフス』にある、病人の耳に聞こえるような響き、同じような印象が、第三幕では生まれました。死の響きが聞こえるような陽気さです。……／芸術座は余りにもゆっくりしたテンポで、退屈を作っていました。間違いです。呑気さは積極的なのです。その時、幕の悲劇性は集中します。」

悲劇性うんぬんはともかく、チェーホフも芸術座のテンポが気にいらなかったことは、クニッペルへ一度ならず書いているので、知ることができる。ヴォードヴィル劇に欠くことのできないテンポを指摘した一例として、メイエルホリドの言葉を聞くことができると思う。チェーホフ的ダイアローグでもこのテンポや、きっかけの大切さを欠くことができない、と言っておきたい。

（四）

『桜の園』には〝起承転結〟がきっちりあり、〝到着に始まり、出発で終わる〟チェーホフ多幕劇の常に従っていることは、前に書いた。作家Ｉ・Ａ・ブーニンは「ロシアには〝桜の園〟はない。あるのは、ウクライナの農家にだけだ」と断言した（モスクワ芸術座が既に上演した後だ）が、チェーホフはこの芝居で、窓いっぱいにのぞく満開の白い桜の花を見せた。この題材を思いついた後のチェーホフのあるエピソードが、スタニスラフスキイの回想に書かれている。

ある日チェーホフがスタニスラフスキイの楽屋にやってきて、「題名『桜の園――Вишневый сад』の読みの力点を〝и〟から〝ё〟に変えるということを告げながら、チェーホフは〝ヴィシニョーヴィ（桜の）〟という言葉の中の〝ヨー〟というやわらかい音に力を入れて、この題名を味わい続けていた。……」初めはあっけにとられていたスタニスラフスキイもこの時、理解できた。前者『ヴィーシネヴィイ・サート』は〝利潤を生み出す実業的な果樹園〟、後者『ヴィシニョーヴィ・サート』は〝利益をもたらさないが、その花咲く白さのうちに、過ぎ去った貴族生活の詩情をたたえている園〟だということを……。

（スタニスラフスキイ『芸術におけるわが生涯』一九三六年、より）

かつて、チェーホフは「ロシアで荘園（имение――〝地主貴族の領地〟の意）と呼ばれるものにある全てが大好きです。この言葉は詩的なニュアンスをまだ失っていません。」とN・レイキン（作家、編集者）に書いた。レイキンがさる貴族から領地を入手した時に、この買い物を祝福して書いた。（一八八五年一〇月一二日または一三日）

メーリホヴォに自分の領地を持つまで、チェーホフ一家は毎年夏を各地の荘園（勿論部屋を借りてだが）で過ごしたし、領地維持に四苦八苦する知人も居た。この題材、詩情ある荘園を選び、白い花咲く桜の園を背景にすることで、自分の運命を狂わせる人々の悲喜劇が一段と映えることになった。

チェーホフはいろいろの音、音楽も戯曲に書き込んでいる。第一幕では、園で鳴く鳥、牧童の吹く葦笛。第二幕では、エピホードフの弾くギターと歌声。遠くに聞こえるユダヤ楽団。そして「はるか、天から降ってきたような音」。第三幕では、ユダヤ楽団の音楽と女主人の口ずさむレズギンカ。第四幕では、フィールスひとり残った後に再び「天から降ってきたような音」が響き、園の樹を伐る斧の音の中で幕は下りる。

この終幕、一〇月の晴れた日の気温は零下三度、開幕時の五月の早朝と同じ温度である。これまで書いてきたのでも分かるが、チェーホフは沢山のモチーフ、状況やせりふに、繰り返し〈反復・呼応〉させる手法をとっている。これこそが、バラバラな人々のハーモニーを欠いた関係に、ハーモニーのある構成の舞台を与えた。まさにメイエルホリドの言う通り、「この作品で、あなたは並ぶもののなき高みに立っている。」「チャイコフスキイの交響曲のような作品」なのである。

モスクワ芸術座の初演は一九〇四年一月一七日行われた。開幕時、チェーホフは劇場に居なかった。この日は、彼の「名の日」でもあったが、初演ついでにチェーホフの〝作家生活二五周年記念祝賀会〟を企んだ芸術座に呼び出されて、三幕と四幕の間の長時間、舞台に立ち尽くすはめになった。オリガ・クニッペルの回想から、この日のことを振り返ってみよう。「……あの人の最後の戯曲の初演もやはりお祭りになりました。……しかし、この一月一七日の夜には、純粋な喜びの調子はなかった、――これは確かです。……彼は非常に注意深く、まじめに、みんなの挨拶に聞きいっていましたが、時々、あの特徴のある身振りで頭をあげ、全ての事態を、まるで空飛ぶ鳥の高みからでも眺めているような、また、ここには一切無縁な人間だと言わんばかりの有様で、その顔は、持ち前のやわらかな、輝き出るような微笑に照らし出され、口もとには、あの特徴のあるしわが浮かびました――これはきっと、なにかおかしい、後で思い出しては、吹き出してしまうようなことを、耳にしたにちがいありません。」（『夫　チェーホフ』より）

なお、この回想記には、あの人は「なんでも滑稽なことが、ユーモアの感じられるものが非常に好きでしたし、おもしろい話を聞くのが好きでした。」「手品師や道化師が好きでした。」と書かれ、死の数時間前にさえ、一つのヴォードヴィルを思いついて、オリガを笑わせてくれた、とある。

ともあれ、彼の最後の戯曲の幕は開き、ロシアのあちこちでも『桜の園』は上演された。残念ながら、作者を満足させるような上演はどこにも無かった。モスクワ芸術座の上演に対する不満は、彼の生前には解消されなかった。

一九〇四年四月一〇日付、オリガ宛の有名な手紙がある。

「なぜ僕の戯曲はポスタアや新聞広告で、ああまで執拗にドラマと呼ばれるのだろう？　ネミローヴィチやアレクセーエフ（スタニスラフスキイのこと）は僕の戯曲の中に、僕の書いたものでないものを見ている。僕は彼ら二人が一度も注意深く僕の戯曲を読まなかったと断言できる。失礼、しかし僕は君に誓って言う。僕が言うのは、何もあのぞっとする第二幕の装置だけでなく、……」

「誤解に始まって、誤解に終わる——それが僕の戯曲の運命なんだね。」（一九〇三年一一月二五日、オリガ宛）

「モスクワ芸術座百年史」（一九九八年、同座発行）によると、一九〇四年初演の『桜の園』上演回数は一二〇九回とある。

有名なのは一九二二年一〇月に始まるベルリン、パリほかヨーロッパ遠征に続き、一九二三年から二四年にかけてはアメリカ合衆国の諸都市に公演の範囲をひろげ、劇作家チェーホフの名と、モスクワ芸術座の名を世界に広めたことであろう。日本にやってきたのは、戦後の一九五八年。確か、戦前の舞台装置は第二次大戦中に焼けてしまったが忠実に復元し、演出もスタニーツィンが、ネミローヴィチやスタニスラフスキイの演出を忠実になぞったものであった。

オレグ・エフレーモフによる新演出（一九九八年一二月一五日初演）までの間、スタニーツィン演出の上演回数は二四八回であった。

モスクワ芸術座以外での上演はどうか。筆者も四〇数回におよぶロシア訪問の機会に、出会えるものは見たつもりだが、やはり『桜の園』は難物で、ことにロパーヒン役が映えないものは敬遠したくなった。

そのなかで印象に残ったいくつかを挙げると、まず、スタニスラフスキイ・システムの継承者で、演劇学者であったマリヤ・クネーベリ演出の『桜の園』が赤軍劇場にレパートリーとして遺っていたのを見た。ストレーレル演出の白い舞台がもてはやされる前に、彼女がとっくに作り出した、背景の幕いっぱいに拡がる〝白い桜の園〟を見たのを覚えている。（一九七〇年）

印象に残った二つの舞台は、前稿にも書いた。

V・プルーチェク演出、サチーラ劇場。（一九八四年）

A・エーフロス演出、タガンカ劇場。（一九八〇年）

ほかに、G・ヴォールチェク演出、ソブレメンニク劇場。舞台中央に一本の巨大な桜の樹を立てた、抽象的な舞台だった。俳優たちも好演。（一九九八年）

L・ドージンがヨーロッパ客演旅行前に、私一人を客席に座らせて見せてくれた舞台がある。ボリショイ・ドラマ劇場のレーベジェフがフィールス役で客演していた。装置は抽象的で、舞台前面中央に池があり、桜の園が売られると、シャンデリアが下りて池の中に沈んでしまうとか、フィールスがシャルロッタの真似をしながら水面を覗きこむなど、これは今思えば、かなりヴォードヴィル的な思い切った演出だった。（一九九四年、マールイ・ドラマ―ヨーロッパ劇場）

小野理子さん訳『桜の園』、その他

小野理子さんの業績にはロシア文学についての研究、後進の指導、数々の著作、翻訳等があるが、この『桜の園』の翻訳（一九九八年、岩波文庫）も大きな一つである。

「はじめて『桜の園』の良さがわかりました」という投書に表わされるように、一般読者にとって、読みやすい、分りやすい訳文であった。

同時にまた、演劇人にも向けたメッセージであったことは、小野さんの「解説」で分かる。「この芝居のせりふのやりとりの面白さ――時にほろ苦く、時に軽く、時に深刻に、しかし一貫して滑稽味を失わない会話の味わい――を、どうにかしてそれらしいリズムのある日本語にうつすことが出来ないか、と考え」訳した、とある。

なぜか英語からの重訳を利用する演劇人が少なくないが、原作への綿密な読み、忠実な翻訳として、彼らにも「小野さんの訳」を参考にしてもらいたいと思う。

加えて、読者にやさしく、丁寧な「注」――直近のページで読める――と、これも懇切・丁寧な「解説」、おまけに「年譜でたどるチェーホフの生涯」一七ページが添えられているのだから。

小野さんの功績の一つは、今まで見過ごされてきた誤訳を正したことである。それは、トロフィーモフがアーニャに〝桜の園〟の真実について言うせりふの中にある。

「いいですか、アーニャさん、あなたのおじいさん、ひいおじいさん、代々のご先祖は皆、生きた人間を所有してきた農奴主でした。園の桜の実の一つ一つ、葉の一枚一枚、幹の一本一本から、人間の目があなたを見てはいませんか、声が聞こえはしませんか？　人間を所有する――この事実が、あなたがたみんなの、過去にいた人、現在いる人みんなの、人格を変えてしまった。……」における、「桜の実の一つ一つ」は、これまでのすべての訳者の「桜の木の一つ一つ」を正したものである。「桜の実」すなわち、赤く熟した「サクランボが、二つずつ並んで……、樹上から睨む目」のイメージを鮮明にした訳であることを、同じページの「注」でも念を押している。

もう一つ、注目したい訳は、このエッセイの最初に挙げた〝時〟のモチーフに関わる部分である。ロパーヒンのせりふ〝Да, время идёт.〟を「さよう、歳月、人を待たず、ですな。」と訳してある。このせりふはあっという間に、聞き逃しかねない短いせりふだ。だからチェーホフは、ガーエフの〝Кого?〟の後、もう一度、繰り返しいわせている、「歳月、人を待たず、と申しましたが」と。ロパーヒンにしてはしゃれたせりふかも知れないが、観客には「うん？」と耳をそばだてさせる、小野さんならではできない訳と思う。

この部分、気にかかるので、念のため他の訳者の翻訳を調べてみた。

「そうです、時は過ぎて行きます。」（一九六二、湯浅芳子）、「さよう、時のたつのは早いものです。」（一九七六、神西清）、「そう、早いもんですな、月日のたつのは。」（一九七八、牧原純）、「ええ、どんどん時は過ぎゆく。」（一九九三、松下裕）。

ガーエフの言う〝Koro?〟は、文法的にも意味不明で、翻訳者泣かせの困りものだ。これを、小野さんは意味不明な「あん？」で逃げた。念のため他の翻訳を調べてみたら、「何？」（湯浅芳子）、「なんだって？」（神西清）、「なに？」（牧原純）、「なんでえ？」（松下裕）だった。

フィールスが三度言う〝недотёпа〟の訳を見てみよう。全幕の最後のせりふ〝Эх ты…недотёпа!…〟の訳を調べてみる。

「えッ、おめえは……出来そこないめ！……」（湯浅芳子）、「ええ、この……出来そこねえめが！……」（神西清）、「えい、この……どじばかりふみやがって……」（牧原純）、「えい……この抜作が……」（松下裕）、「……ったく……この、未熟者めが！……」（小野理子）。

ついでに、もう一つの難物は、第一幕のワーリャのせりふ、巡礼して、「歩いて、歩いて…」の後の〝Благолепие!〟である。

「立派だわ！」（湯浅芳子）、「きっと、すばらしいわ！」（神西清）、「法悦だわ！」（松下裕）、

「魂も清められるでしょう！」（小野理子）。

何と、それぞれに苦労されているようだ。読者の皆様、要らざる翻訳談義で失礼しました。でも、このような苦心があってこそ、訳書が成立していることをご理解頂きたい。

さあ、このエッセイの締め括りを、小野さん訳のトロフィーモフの美しい言葉で飾ろう。

「全ロシアがわれわれの園です。大地は偉大で、美しい。地上には素晴らしい所がいっぱいありますよ。……

僕は、幸福を予感します。すでにそれが見えているのです……

ほら、そこに幸福が、来ている。もうどんどん近づいてくる。僕にはすでにその足音が聞こえる。だから仮に、僕たちがそれをこの目で見、現実に触れることができないとしても、かまわない。ほかの誰かが、きっと見てくれるだろうから！」

（二〇一〇年二月一八日）

〈お断わり・引用に関しては、文中に記した。各訳文については次の方々のものを、参照させて頂いた。記して、感謝もうしあげる。

池田健太郎、小野理子、佐々木千世、神西清、芹川嘉久子、中本信幸、牧原純、松下裕（敬称略）〉。

チェーホフ『三人姉妹』について

――ロシアの舞台や日本における関連作についても――

一、はじめに

この文章は、元来、ロシアの現代劇作家ペトルシェーフスカヤについて、前号（「むうざ」23号）の「序章」に続き彼女の代表作の一つ『空色の服を着た三人娘』について書くはずであった。しかし彼女自身チェーホフを意識し、特にその『三人姉妹』にこだわっているので、チェーホフを無視して論を先に進められなくなった。かくして私の傍らには、チェーホフ全集をはじめ、内外のチェーホフ論の数十冊が積みあがり、これを無視することができなくなった。最近ロシアでも、日本でも一種の『三人姉妹』ブームがあり、これには根拠がありそうで、その上興味ある舞台も現れて、無視どころか、ここにはまって乗りきらなければならないという気持ちが湧いて来た。だからここに書かれるのはチェーホフ自身の『三人姉妹』に限らない、『三人姉妹』の翻案ブームのなかも覗かせていただくことになる

二、ペトルシェーフスカヤのチェーホフへのこだわり、または『三人姉妹』論

まず、ペトルシェーフスカヤ自身が現代ロシア劇文学界の第一人者のひとりであることは、論を俟たない。前号に書いたように彼女の作品はロシアの各劇場にあらわれ、フェスチヴァルを賑わし、各賞を獲得している。前号の原稿を書いた直後、「現代演劇への貢献」を理由に、彼女は劇作家としてスタニスラフスキイ賞をもらった。チェーホフ没後一〇〇年記念集会で日本に現れた演出家ポグレブニチコが、彼女の旧作『階段の踊場』上演に成功したと言っていたが、その後この舞台が〝黄金のマスク賞――二〇〇五〟にノミネートされたことも付け加えておこうか。

さて、彼女が劇作家としてチェーホフを意識しない訳はない。それは措いといて、レンコム劇場の演出家マルク・ザハーロフから、同劇場の女優のために戯曲を頼まれて書いたのが『空色の服を着た三人娘』である。これは『三人姉妹』の潤色では無論なく、ペトルシェーフスカヤ独自の世界の構築・展開である。むしろドラマトゥルギー、作劇術としてもチェーホフに対峙している。このチェーホフとの関係を今号は書いておきたい。

『第九巻』（ЭКСМО出版、モスクワ、二〇〇三）はペトルシェーフスカヤの唯一のエッセイ・評論集として、彼女の意図・主張を知るのに貴重な一巻である。

この『第九巻』のなかで、自らを劇作家として自負しつつも、「超えられない高みにある劇作家として、いまのところ、シェイクスピアとチェーホフがある」と言っている。「私は個人としてシェイクスピアが好きだ」と言い、チェーホフについては「私はチェーホフ戯曲の謎多い運命について興味がある。……どうしていつも上演されるのか?」「まるで演出課題のようになりつ

つある――競技会の中の……」また「生徒たちの教材の中で」。そして作劇術として「主要なことがしばしば十分に起こってしまった後に幕があく」と言う。その例として、「チェーホフにあっては‥三人姉妹は孤児として残された。もう誰も守らない、教えない――世界に自分たちだけで残された」。「シェイクスピアにあっては‥父は殺された。そして息子には、ながらうべきか、否かの謎が残された」などなどの例をあげる。

（以上の引用部分はペトルシェーフスカヤ「親愛なる皆さん！」―一九七九年、ライプチッヒにおけるドイツ劇作家たちとの会合での発言より）

作劇術について踏み込んだ論は、他ならぬ『空色の服を着た三人娘』執筆から初演までの経過をのべた文章「『三人娘』についての短い物語」に見られる。『空色の服を着た三人娘』については次号に譲るが、この文章の中の「私の法則」と書かれた部分だけ引用しておこう「……私は戯曲を三日間で書き上げた。そこに全てを詰め込まねばならない。時間と場所は特定する。いくつかの法則を私はきっちりと守った。例えば、大きい戯曲では最初の一〇分間で舞台にいる人々が何者か、分からないようにしなくてはならない。これまでのドラマトゥルギーでは次のように書かれる。最初の五分間は誰が、どこで、何のために居るのかの説明をする間に過ぎる。『三人姉妹』では「あんたは何歳……私は何歳……あんたの名の日……ちょうど一年前にパパが亡くなった……」つまり裏の裏まで語られる。

でも私の法則は次のようになる。観客席にすわったお客は、舞台で何が起こっているか、自分で理解すべきである。すなわち、全てこれがどこで起こっていて、誰が誰にここで何をしようとしているのか、想像をめぐらし、つじつまをあわせるべきだ。これが観客を静まらせ、注意を集中させる。その時作者はぎりぎりまで正確でなければならない。お客は全てをつかみ始め、思い当たり、舞台上の人物よりももっと理解した時、喜びで笑い始める。

第二の法則は、第二幕に関わる。休憩時、お客は次に何が起こるかを思い巡らせている。二幕の始めは、お客をおびき寄せ、しかるべくぶつける、つまり全てがお客の予想と違っているように。お客はまたつじつま合わせをして、自分自身で何なのかを理解する。黙って、注意深く耳を傾ける。分かった！　再び笑い出す。……」

（以上の引用はペトルシェーフスカヤ「『三人娘』についての短い物語」より）

チェーホフの『三人姉妹』について直接言及しているのは、同じく『第九巻』所載の「姉妹は三人か、どうか」である。モスクワ芸術座におけるO・エフレーモフの最後の演出作品『三人姉妹』（一九九七年初演）に触れて書いたもの。前半にチェーホフの作品そのもの、その作劇術について、後半に俳優たちとその役について書かれている。

表題の「三人か、どうか」はプローゾロフ家のきょうだいが三人姉妹とアンドレイと合わせて四人ではないか、という問いかけであって、チェーホフも言っているような「女性役四人」のことではない。というのも、ペトルシェーフスカヤは自分の家族のことを彼らと切り離して考えられないからである。同じ年代を彼女の曾祖母、祖父母やそのきょうだいが生きていて、いずれも時代の波の中で悲惨な運命をたどったからだ。スターリン独裁体制の中で弾圧の対象となった彼女の「祖父コーリャは一一の言語を知り、バイオリンを弾いた。イリーナは三つの言語のほかにイタリア語を知り、ピアノを弾いたが」という表現をしている。スターリン云々は桜井の注釈である。ペトルシェーフスカヤの表現は次のようである。「曾祖母のシューラは飢餓の一九一八年に自分のかつての領地へ出かける途中で、赤軍兵に射殺された。彼女の息子パーヴェルはパリでタクシストとして死に、娘のマルーシャとコーリャはブレジネフ時代にモスクワで死んだ。年齢的にいうと、曾祖母シューラは三人姉妹の長女にあたる。つまり一八年にはプローゾロフ家の人々はもう若くはないということだ。」

続けて次のような表現になる。「一九〇一年に労働を夢みたと考えるのは恐ろしい。ドクトル・チェブトゥイキンと将校トゥーゼンバフは大声でしゃべっているではないか、生まれてから一日も汗を流したことがないと。／ドクトルと将校は一応職業についていた。／彼らは労働をどんなものと思っていたのか？「なんていいことでしょう、夜が明けるやいなや起きて、道路の石を割るのは」（イリーナの台詞―桜井）／結果として、彼らは手につるはしと手押し車をもち、凍土の上で、手かせを付けられながら、板床にごろ寝することになった。／百年経ったら、いや二百年、三百年経ったら人生はと、ヴェルシーニンは口元に甘い微笑を浮べながら人類の進歩について語る。……／我々は彼らにはなかった一〇〇年を生きた。……」

次にペトルシェーフスカヤはチェーホフ戯曲の内容にふれて述べる。「この戯曲の内容は、すべての優しい人々が苦しんでいるということだ。長女は結婚できない、三女も同じ、次女のマーシャは結婚したが、自分の夫クルイギンに我慢できず、他人の夫に辛い恋をする。……／ヴェルシーニンは二百年、三百年後の生活についてしゃべるが、彼にはいつも毒薬自殺を試みる、おかしな、愛せない妻があり、自分はいつも出歩いていて、娘たちは哀れだ。だから彼は自分の二〇年、三〇年さきの予測もついていないのだ。この妻は町が焼けたとき、明らかに夫を探して三人姉妹のところにやってきた。ヴェルシーニンが帰宅すると、二人の娘は下着のまま、玄関で泣いていた。……／飲んだくれの医師チェブトゥイキンは姉妹の邸の階下に住んでいて、お金を払ったことがない。いつも既に大きくなったイリーナに手を触れようとする。彼は六〇歳。これまでの経歴は簡単でない、ただ姉妹たちの母を愛していたと言う。でも彼女のほうは？　それは覚えていない。……／戯曲のはじめに新しい砲兵隊長ヴェルシーニンがやってきて、マーシャは心奪われる。しかしマーシャの夫クルイギンは人々の間を歩きながらしゃべる、私には教師の仕事があり、私は幸せだ、マーシャはいい女だ、まじめな女だと。これは悲劇そのものだ。彼は踏みにじられたこと、いまも踏みにじられていることを知っている。……／（三人姉妹に惹かれてプローゾロフ家に集う人々、ソリョーヌイやトゥーゼンバフなどについての論は、紙数上省かせていただく―桜井）

（もう一度三人姉妹について）でも、彼女らに夫はいない。彼女らは背が高く、美しく、あんなに愛想良く、魅力があり、柔らかで、嘘をつくことも、人を非難することもできない。さらにイリーナには才能があり、オーリガは献身的で、マーシャは美人だ。みんな彼女らに惹かれ、みんなそれぞれに彼女らから受け取っている。／姉妹たちはこの町の良心であり、センターであるのに疲れた。ここには夫たちが居ない。（休ませて！）。」

ここでペトルシェーフスカヤは言う。「正直のところ、『三人姉妹』は好きでない。しかも全く理解できないものが二つある、その初めと、終わりに。

初めに『今日はあれこれ』とオーリガはしゃべる。一年前父が亡くなった、ちょうどイリーナの名の日に。『私はもう耐えられないような気がしていた。でも一年が過ぎ、私たちはもう楽に考えられるようになった。あんたはもう白い服をきているし、明るく輝いた顔をしている』。ストップ。実際今日は父の一周忌だ。どうしてそれが『楽に思い出せる』のか。こんな日には家族の女たちは黒い服を着て、墓地に行き泣く。テーブルには法事粥がなければならない。これが一つ。

それから、オーリガはどこに向かってこんな話をしているのか、誰に？　妹たちに？　だって知らないとでもいうの？　いやこれは観客に向かって言っているのだ。戯曲の初めに全てが説明されねばならぬと、考えられている。『あんたは二〇歳』『私は二八歳』。時、場所、年齢を知らせ、最初の五分間に課題をざっと書き付けねばならないのか。そんなふうにソヴェートの劇作家も書いた。（『今日は五月の一日。どこもかしこも花でいっぱい。通りをデモンストレーションしている……ほら、あの人たち！』）（と、ペトルシェーフスカヤは師のアルブーゾフ作品の引用をする—桜井）

もう一つ、理解できないのはフィナーレのテキスト。

たった今、トゥーゼンバフが殺された。イリーナの婚約者が殺された。その前の別れの場面、彼は頼んでいなかったか、『ぼくに何か言ってください』と。イリーナのこたえは『何を、何をなの。あたりは何だか謎めいていていて……』（イリーナ、彼の胸に頭を押し当てる）

愛せなくてもいい。でも隣人が殺されたとき、人々はパニックに陥り、何とか助けるために走るだろう、信じない、彼がまだ生きているかも知れないと。

三人姉妹は友の死を知っても、文字通り次の言葉を言う。

イリーナ『(オーリガの胸に頭をのせつつ)時が来れば、こんな全てがなんのためにあるのか、何のためにこんな苦しみがあるのかわかるでしょう。……でも今はともかく生きていかなければ……働かなくては、そう、働かなくては!』

オーリガ『音楽はあんなに楽しげにいきいきと鳴っている。あれを聞くと、こころから生きたいという気持ちになってくる!』等々。

だいたい私は思う(とペトルシェーフスカヤが言う——桜井)、この戯曲を、たとえば三人姉妹が手のつけられない阿呆として上演できるのではないかと。阿呆でも四つの言語と音楽の才を持ち、蝶のように舞える。

阿呆と名づけるのは、他の人に対して何も見えず、聞こえない人、どこで何をしゃべるかを理解できない人だから。阿呆の前では、我々は無力である、さっさと逃げ出して、関わらぬこと。でも、モスクワ芸術座(O・エフレーモフ演出)の芝居は、すべてあるべき場所にあった。この演出家の作品にはすばらしい瞬間があったと、言うのも恐ろしくない。/エフレーモフ演出の『三人姉妹』は演劇史に残るだろう。……」

(以上、引用部分はペトルシェーフスカヤ「姉妹は三人か、どうか」より)

以上でペトルシェーフスカヤからの引用は終えよう。彼女が褒めたエフレーモフ演出の舞台をわたしも観た。レベンターリの装置はすばらしかった。ガラス張りの大きな温室にも似たプローゾロフ邸は、舞台奥深くにあったのが、音もなく回転しながら舞台前面に出てくる。三方を森が囲み、四季折々に景色をかえる。ペトルシェーフスカヤも褒めているマーシャ役の女優Ｅ・マイオーロワの演技。別れの場面でヴェルシーニンが微笑を浮べながら出てゆく時、彼女は二つ折れに身をかがめて悲痛を表した。（残念ながらマイオーロワはこの初演後、まもなく悲劇的な死を遂げ、死因は謎とされている。）

ペトルシェーフスカヤの『三人姉妹』論は、作家自身の家族の歴史をふまえて、独特ではあるが、耳を傾けていい面がある。作劇術でも的確な指摘がある。誰もが忘れないチェーホフのフィナーレに、文句をつけた彼女に脱帽する。

三、ロシアにおける『三人姉妹』上演から

一九〇一年一月三一日モスクワ芸術座における初演で『三人姉妹』上演史は始まる。チェーホフが始めて芸術座の座付き作者として執筆した作品である。しかし作家はこの初演を知らなかった。あれほど稽古の進展を気遣いながら、すでに海外に出てイタリア辺りを旅行していて、芸術座の電報は届かなかった。妹マリーヤによる成功の知らせや、新聞の報知を作家は信じられず、ヤルタに戻ってからやっと、成功したらしいと知る。作者がその舞台を見たのは、秋になって新

『三人姉妹』O・エフレーモフ演出。モスクワ芸術座　1997年

しいシーズンのはじめころ一九〇一年九月二一日。「……すばらしい出来です。戯曲に書かれたものを上まわっています」とチェーホフはスレージン宛の手紙で書いている。しかし「批評家はなかなかこの新しい戯曲に理解を示さなかった。／ところで初演後三年で、観客はこの驚くべき作品のあらゆる美しさを評価していき……」とスタニスラフスキイは回想に書いているが、俳優たちも演出家も上演回数をかさねて次第に理解を深めたようだ。

＊　＊　＊

一九四〇年ネミローヴィチ＝ダンチェンコはスタニスラフスキイ亡き後の再演出『三人姉妹』を出す。「一〇月革命」後、チェーホフへの評価は変わり、モスクワ芸術座でもほとんど上演されなくなって、久しかった。既に時代は変わっていた。スターリン体制の真っ只中で、演出家は稽古にあたって芝居の

「核」は「よりよき生活への憂愁(タスカー)」と規定している。「……すばらしい、高潔な人々の不幸の原因は時代や生活の形態にあり……この舞台は、美しい、気高い人々にはもっと別の、よりよい生活がふさわしいことを訴えて」いた。初演時とまったく変わった明るいトーンに満ちたこの舞台は、新しい観客に受け入れられ、芸術座の文字通り頂点をしめすものとなった。一九五八年、一九六八年来日公演における『三人姉妹』は、このネミローヴィチ＝ダンチェンコ演出を踏襲していた。日本のチェーホフ理解がながくこの舞台に影響を受けていたことを言い落とすわけにはいかないだろう。『三人姉妹』のフィナーレの三人姉妹のせりふが歌うように言われ、それに涙するだけでいいのか。チェーホフが周到に書き込んだフィナーレが、この舞台では改変された事に触れておく必要があるだろう。

三人姉妹がいよいよその邸から出て行かざるをえなくなる第四幕。三人姉妹の傍らでドクトル・チェブトゥイキンが座って新聞を見ながら鼻歌を歌い、呟く「タララ、ブンビヤー……シジュー・ナ・トゥンベヤー……どうだっていい！　……どうだって同じさ！……」が、オーリガの「(何のために私たちが生きているのか) それがわかりさえすればねえ！　わかりさえすればねえ！」の繰り返しに割ってはいる。ここに籠められた作者の寓意、仕掛けにまったく抗して、ネミローヴィチ＝ダンチェンコ演出はドクトルの呟きを省いてしまっていた。

＊　＊　＊

一九六五年レニングラードのボリショイ・ドラマ劇場でゲオルギイ・トフストノーゴフが『三人姉妹』を出した。この演出家はネミローヴィチ＝ダンチェンコの後で試みるのはためらわれた

『三人姉妹』G・トフストノーゴフ演出。
ボリショイ・ドラマ劇場　1965年

と言っている。しかし「私はチェーホフを上演しないではいられなかった。それは、自分を現代の演出家とみなす権利を獲得する、極めてうれしい、しかし極めて責任の重い試験だった……／なぜ我々は『三人姉妹』をえらんだのか？　私の考えでは、何もしないという悲劇的なテーマが、とくに鋭くわれわれの世紀にひびくからだ……／この戯曲の主人公たちが、気持ちのいい、善良で美しい人間であればあるほど、彼らの精神的な沈滞のテーマがより恐ろしく響くことになるだろう……」

（引用は『演出家の仕事』トフストノーゴフ／著　牧原純／訳、一九六四年より）

残念ながらこの舞台に接する機会がなかったから、T・シャフ＝アジーゾワの評から引用しておこう。

「……モスクワ芸術座における芝居より、もっと現世的、苦く、残酷で、主人公たちにはもっと批判的な芝居である。／ここではまさに『三人姉妹』は悲劇として決定されている。主人公たちは人間の力の限界で生きている。／これまで、平静さを求められてきた長女オーリガさえ、ここでは鋭く、思いがけなく、悲劇的である。優しくて、よわよわしく、魅惑的で、皆に愛されている三女イリーナはまるで手折られた花のように、たえず抑うつ状態で、パニックを起こしている。／満足し平安な人はナターシャ以外にいない。／いつも明るいクルイギン、あるいは棘のある横柄なソリョーヌイさえ、うまくゆかず不幸である。／すべての人は夢に安らぎを見出せず、醒めた目で自分の状況を認めている。もうひとつ、主人公たちにはあらゆる哲学的で美しい夢想に対して用心深く対せざるを得ない要因――レトリックや高いフレーズに対する不信がある。／ヴェルシーニンには皆耳を傾けるが、彼はなんのパトスもなく、ただ小声でしゃべっているだけだ。驚くべきは、生活について、進歩についてのチェーホフ的、歴史的洞察力がすけてみえていることだ。／この芝居は、モスクワ芸術座風に慣れてきた抒情的で、音楽的なイントネーションを排し、厳しく、どぎつい色彩と、神経を張りつめたリズムで組み立てられていた。……」

（新聞トルード紙、一九六五・三・七　桜井郁子／訳）

さらに引用を二つ。「第一幕はだんだん早まるテンポで進み、第二幕は寒々として、冷ややかである。第三幕は息苦しく、緊迫していて、息をするのも難しい。……／第四幕はガラスのように、透明に……／稽古では我々はそれぞれの幕の雰囲気を探求した。これを定着させ、重要な芸術的課題として理解しなければならない。全体の雰囲気をぬきにしてはチェーホフを演じることはできないからである。……」

（トフストノーゴフ『三人姉妹』稽古、一九六五年より）

「終幕では人も自然も物も、風に吹きつけられて、肌寒く、そわそわと落ち着かない。鉛色の日、庭にたまたま置かれた灰色の椅子。……／墓場の柵を思わすような黒ずんだ飾りのついた裏門から、白樺の並木が続いている。そこからヴェルシーニンに別れを告げるマーシャが現れ、そこからまた再び帰ることのないトゥーゼンバフが、運命の決闘へと去ってゆくのである。／トフストノーゴフはこのトゥーゼンバフの無意味な死について、この呪わしい非情の時代だけでなく、美しい花いっぱいに飾られたプローゾロフ家に住む、あるいは出入りする、すべての教養ある、優しく、人情にあつい人たちを告発し非難するのである……」

（野崎韶夫「トフストノーゴフと『三人姉妹』」、「現代世界演劇」別巻　一九七二より）

＊　＊　＊

一九六七年のモスクワ・レーニンスキイ・コムソモール劇場におけるエーフロス演出『三人姉妹』は当局によって、三三回上演で打ち切られた。なぜ？　つかのまの「雪解け」時代は過ぎ去っていた。この上演も眼にすることは叶わなかったが、エーフロスの言葉が残っているので、引用しておこう。

「私たちはチェーホフ劇を上演する場合、ただ新しいチェーホフに近づこうとするのみだ、と確信している。チェーホフを鋭く理解し、ポドテクストなしに、直接的に捉えなければならない。彼の戯曲は全く悲劇的なのだ。だから隠された『第二プラン』だとか、雰囲気だとか、気分だとかは投げ捨ててしまわなければならない。わが国の『三人姉妹』のモノローグはまるで音楽伴奏つきの朗唱のようだが、それは悲劇的な響きの度合いに応じて全く変わってしまうべきだ

——なぜならこの姉妹は悲しみによってズタズタに引き裂かれているのだから。われわれは悲劇的なものの限界をこえることを恐れている。だが、『三人姉妹』の終幕でチェーホフが書いているのは、全く鋭い不協和音であり、あらゆる絵の具のひどい混交なのであって、叙情的な憂愁などではない……」

（モスクワにおける討論会メモより、M・ストローエワ／記、宮沢俊一／訳）

「チェーホフは未来を信じていた。このことなしに『三人姉妹』はあり得ない！

ヴェルシーニンは二百年、三百年後の生活は、計り知れないほど美しくなるだろうという。／しかしこのことはあらゆる戯曲のなかで最も悲劇的な戯曲を書くチェーホフの妨げにはならなかった。その中で最も明晰な人物の一人、何かをしようと決意した唯一の人が殺される戯曲を、である。男爵は殺され、イリーナはひとり残る。ヴェルシーニンはマーシャを永遠に見捨てて去っていき、マーシャはクルイギンとともに残る。オーリガはモスクワには行かず、同じ女学校で働き続ける。で、ナターシャは明日この樅の並木を切り倒し、いい香りがするように草花を植えるのだ！……／

たしかにチェーホフには未来への信頼はある。ただし、繰り返して言うが、醒めた思いと半々の信頼だ。美しさはある。しかし、不幸せと混じり合った美しさだ。……／『三人姉妹』の人々は、思い悩んでいるだろうか？　——こう私たちは自分自身に問いかけた。いや、そうではない。彼らは自分自身にとってのある真実を懸命に、情熱的に探しているのだ。と言ったほうが正確ではなかろうか。彼らは生起する出来事に耳を傾け、それを見つめ、考えている。考えに考えている……／際限のない会話をいつも彼らが始めてしまうのは、思い悩んでいるからではなく、自分の存在に分け入ってみたいという願いがあるからなのだ。『もしそれが分かったら！』――戯曲のいちばん最後の言葉もこれだ。いいや、彼らは消極的でないし、そのおしゃべりにおいて滑稽でもない。だが、彼らの存在のドラマ性は、彼らがエネルギーを持っているし、知性もそなえているし、教養もあるしインテリ的であるにもかかわらず、自分自身の生活をはっきり理解する可能性を与えられていない点にあるのだ。……」

（「稽古――わが愛」 宮沢俊一／訳より）

＊　＊　＊

――ロシアでの『三人姉妹』の上演はあまりにも多い。以下は桜井の観劇で印象深かったもののメモである。――

＊　＊　＊

一九八一年、モスクワ・タガンカ劇場。ユーリイ・リュビーモフ演出。

開幕直後、舞台横右手の壁がゆっくりと開いていき、通りを走りぬける自動車の騒音とともに風がふきこみ、本物の軍楽隊（特別出演）が吹奏楽を奏でながら通り過ぎ、壁はまたゆっくりと閉まり、舞台がはじまる。一瞬モスクワの屋並の向こうに見えた葱坊主の寺院の屋根が印象に残っている。終幕にもこの場面が繰り返された。

現代のモスクワとチェーホフ劇をドッキングさせようという試みはおもしろかったが、講壇のように椅子を並べただけの装置や、女優たちの硬い演技に、チェーホフはあまり感じられず、「リュビーモフはリュビーモフだ」という感慨が残ってしまった。

＊　＊　＊

一九九一年、モスクワ・ポクロフカ劇場。セルゲイ・アルツィヴァーシェフ演出。

現代のある邸の客室、白布で覆われた長いテーブルに杯とおつまみが用意されている。と見えるが、ここは劇場、一列目のお客八人ばかりが誘われてそのテーブルに着き、俳優たちと杯をあげる。これが劇のはじまり、いつのまにか時代はさかのぼり、三人姉妹はロングスカートにはきかえ、お客の我々も観客席に戻される。観客総数一〇〇人足らず、まじかに演技を見られるのが魅力のこの劇場が、お客を巻き込んでのこの舞台で、公認の劇場となった。レベルの高い俳優たちのアンサンブルで心地よい舞台だった。

*　　*　　*

一九九六年、チェーホフ国際演劇祭での所見。リトワ共和国のライフ・フェスチヴァル作品。E・ネクロシュス演出。リトアニア語。

意外性にみち、しばしば反発を感じながらも惹かれる舞台だった。三人姉妹はこどものように紙飛行機をとばしたり、木馬にとびのったり、体操場のような舞台をかけまわる。舞台中央には丸太で築き上げた塔のような装置があり、父の肖像やら時計がぶら下がっている。おとなしいが内に恋を秘めたオーリガ、情熱的だが希望を持たないマーシャ、愛する術をまだ知らないイリーナ、三人それぞれながらこんなに少年ぽい姉妹は始めて見た。軍帽をかぶって敬礼したり、タバコの煙を吹き上げたり……どうやら姉妹の背後に立ちはだかるのは軍人だった父の面影らしい。ネクロシュスらしさを感じさせ、印象に残るのは、浮気が夫にみつかりそうになった裸かのマーシャを、姉妹が巨大なテーブルクロスでぐるぐる巻きにして隠してやる場面。その浮気の場を盗み見ていたオーリガが、最後にヴェルシーニンに抱かれて喜ぶ場面だった。

＊　＊　＊

二〇〇一年、ノヴォシビルスク・クラスヌイファーケル劇場。オレク・ルイプキン演出。姉妹は三人とも男を凌ぐ位背が高く、若い。適役で口跡もよく通る。

マヤコフスキイ劇場舞台の広さを利用して、大きな三方壁の箱型空間を作り、客席側にも前舞台をつくり、あちらとこちらとの場面が同時進行し、せりふが響きあう。第一幕の終わりに、イリーナが両手をあげて「モスクワへ、モスクワへ！」と叫ぶと、応えるかのように上から大量の雪が落ちてくる。終幕では後ろの壁が上がって、奥に木立が広がる。しかし別れのときがきて人々が去り、マーシャが倒れ、イリーナが泣き崩れると、三人の後ろに壁が下り、おまけに三人の前にも壁が下りて、姉妹は箱の中に閉じ込められてしまう。前舞台にはチェブトゥイキンが一人残って「タララ、ブンビヤー……」と歌い、軍楽隊の演奏は客席後方に移り、三人姉妹の最後のせりふは閉じ込められた箱のなかで発せられる。

＊　＊　＊

二〇〇四年春初演、秋来日、モスクワ・マールイ劇場。ユーリイ・ソローミン演出。

『かもめ』で成功した回り舞台を活用して、ブローゾロフ家のあちこちで交わされる人々の場面を同時に見せたり、時の経過と季節の移り変わりを、回転でわかりやすく見せる。最後には邸が左に退き、背後にのびる樅の並木を遠景に、庭では落ち葉が焚かれてかすかな煙をあげる。ときに蔭る秋の陽光、三人姉妹のフィナーレのせりふは秋雨のしぐれる中で言われる。印象に残る秀逸な舞台だ。ただ惜しむらくはこのあとで、演出家の言葉が字幕に出されたこと。解説は無用だと思う。チェーホフに忠実な舞台だっただけに残念。忠実？　うっかりこの言葉を使うのはいけない、と我ながら思う。

元来舞台は、戯曲のほかに、演出家・俳優その他の舞台創造集団、それを見る観客でつくられ

『三人姉妹』Ｅ・ネクロシュス演出　1996年

るもの、そして舞台全部を覆う時代という、この四つが創るもの。チェーホフ劇というとき、チェーホフ戯曲だけでなくチェーホフ劇の舞台も見逃せない。ただ後者が時代の産物であることは、ここまで取りあげたロシアの諸舞台をみても分かる。「一期一会」という素敵な言葉が日本にはある。チェーホフが散文作家として数々名作を書きながら、なお戯曲を書き、芸術座を愛し続けたのは、まさに「一期一会」の魅力に惹かれたからだろう。

閑話休題。舞台を愛する私としてはもう一つ書き加えたいロシアの舞台がある。

＊　＊　＊

二〇〇四年秋、モスクワ・フォメンコ工房。ピョートル・フォメンコ演出。

フォメンコはこの公演の副題に――スペクタクル途上の舞台エチュード――と名づけた。その上、原作にない登場人物「鼻眼鏡をかけた男」が、いつも舞台脇に居るようにした。男はずっとテキストに眼を通しながら舞台に介入するかのように呟く。「戯曲はまだ十分にできあがっていないかもしれない……」「僕は何としても舞台稽古にたちあわなければならない」（いずれもチェーホフの言葉、オリガ・クニッペルへの書簡より）などと。そしてしばしば「間（パーウザ）」と俳優たちのせりふに割ってはいる。実はこの舞台をまだ見ていないが、多数の論評がこの事実に触れている。確かに『三人姉妹』はチェーホフ戯曲のなかでも「間」が多い。演出家のこのコメントは何をさすのか、気にかかる。勿論演技力をもつ女優をそろえたフォメンコ工房の『三人姉妹』は待たれていた演目であり、俳優たちのアンサンブルは見事に期待に応えて話題作になった。この舞台の最も魅惑的で驚きでもあったのは、その優しく柔らかいトーンであったと、

『三人姉妹』P・フォメンコ演出　2004年

ある論評は言っている。誰も叫びはしない、終幕のナターシャでさえ転がっているフォークを見て涙ぐむ。三人姉妹は若々しくしなやかに弾み、チェブトゥイキン老人役はこれまでのどの舞台でも見たことがない出来だそうだ。

四、チェーホフと『三人姉妹』

自分の作品について、この作品ほど作家が饒舌だったことはない。どこで？　書簡で、である。

『三人姉妹』がモスクワ芸術座の座付き作者として初めて書いた戯曲であることは、前に書いた。チェーホフが書く動機になったのは、芸術座が一座をあげてクリミヤ公演を行って『かもめ』と『ワーニャおじさん』を見せ、座の力量を作家に確認させたからである。次作をぜひというスタニスラフスキイの要請に応えて、作家は一九〇〇年八月にヤルタで書き始める。しかし後に妻となるオリガ・クニッペルはモスクワ芸術座の女優。療養のためヤルタに縛り付けられていた作家が、週に何度もクニッペルへ書き送る書簡のなかに『三人姉妹』が入り込んだのだ。作家のコメントは戯曲そのものに劣らずおもしろい。と言えば、地下のチェーホフは「まさか……」と言うだろうが。

「戯曲ではなく、なにかごたごたしたものを書いている。登場人物が多い――もしかしたら、書くのをやめるかもしれない……」（八月一四日、クニッペル宛）／「戯曲は頭の中に座っていて、もう流れ出し、きちんと体をなして、紙を求めているが……」（八月一八日、クニッペル宛）

九月はじめに仕上げるつもりだったが、訪問客の多さに加えて、なかなか構想がまとまらず、難産だったようだ。／「戯曲は九月か、一〇月あるいは一一月に出来上がります。しかしこのシーズンに上演していいか、どうかは分からない」（九月一五日、クニッペル宛）このあとフォメンコ工房で聞こえた呟きになる。「もしかして戯曲がまだ十分に仕上がらないかも知れない……僕は何としても、舞台稽古に立ち会わなければならない……」（同じ九月一五日、クニッペル宛）

チェーホフはクニッペルだけでなく知人にも作品について書いている。

「『三人姉妹』を書くのはおそろしく困難でした。実際三人の主人公たちはそれぞれに典型でなければならず、三人とも将軍の娘ですからね！　場所は、例えばペルミのような田舎町で――軍人社会、砲兵たちです」（一〇月一六日、ゴーリキイ宛）

「『三人姉妹』はもうできました。しかし戯曲の近い将来はどうなるか、私には分かりません。退屈で長々とした戯曲で、あんまり具合のよくない、いうなれば具合のよくないものです。だってここには四人の女性がいて、気分はすこぶる陰気だからです」（一一月一三日、ペテルブルグの女優V・コミサルジェーフスカヤ宛）

俳優へのあて書きもみられる。

「……書きあがったのは戯曲ではなく、退屈なクリミヤのたわ言です。あなたには姉妹の一人の夫、中学教師の役を。あなたは制服を着て、襟には徽章を付けていますよ……」（九月五日、A・ヴィシネフスキイ宛）

「ああ、『三人姉妹』のきみの役は何というすばらしい役だろう！　何というすばらしい！　一〇ルーブリでも出して、その役をせしめなさい。でないと、別の女優さんにあげてしまいますよ……」（九月二八日、クニッペル宛）

チェーホフは一〇月二三日モスクワに着き、芸術座に度々通いながら、一、二幕に手を加え、一二月一一日に海外へ出発した後も、旅先のニースで三、四幕の手直しと、四幕の大幅な書き換えを行って、芸術座に送った。

クニッペルには役についての忠言を書き送っている。「……明日第四幕を送ります。きみのためにせりふを増やしました。（きみはありがとうと言わねばならない……）」（一二月一七日、ニースより）／「……きみはうまく稽古していますか？　気をつけなさい！　どの幕でも悲しそうな顔をしてはいけない。口笛を吹いて、度々もの思いに沈む。おしゃべりの間、度々もの思いに沈む。分かりますね？」（一九〇一年一月二日、ニースより）

初めて芸術座で『三人姉妹』が読まれた時のことを、後にクニッペルは書いている。

「なにかためらいと沈黙があたりを支配しました……チェーホフはとまどったような微笑を浮かべ、神経質な咳払いをしながら……私たちの間を行きつ戻りつしました……

こんな言葉が聞こえました。――これは戯曲じゃない。ただの筋書きばかりだ……これは上演できまい、役がない、なにかヒントばかりで……」「仕事はとても骨がおれました。」

（「夫チェーホフ」　クニッペル、佐々木千世／訳より）


詳しくは書かないが、チェーホフがクニッペルへの書簡で稽古のようすを知らせるようにと度々書いた理由もわかるというものだ。ともあれ彼がイタリアに居る間に、芸術座初演が行われ、ただちに上演が続き、翌シーズンの始まった頃、九月にやっと作者は舞台を見て、安堵した……安堵？　この言葉もチェーホフにはふさわしくない。安堵したのは芸術座の方だったろう。

戯曲は一九〇一年二月末雑誌「ロシア思想」第二号に掲載されたが、誤りが多く、マルクス版単行本ばかりか、一九〇二年三月同社発行の全集第七巻でも誤りは解消しなかった。厳密な決定稿作業によるアカデミー版三〇巻全集の第一三巻（一九七九年刊）によると、『三人姉妹』本文七一ページに対し、異稿指摘が三七ページに及ぶ。検閲による改稿が含まれるとはいえ、これはチェーホフの他の戯曲にくらべて異常に多い。

五、最近日本での『三人姉妹』翻案劇いろいろ

チェーホフはヤルタで、後輩作家ブーニンとの散歩の途中で、とつぜん訊ねた。

「あと何年、僕は読まれると思いますか」

そして自分で答えた。「七年、いや七年半です」

作家自身は、七年どころか、その後まもなく世を去った。

そのチェーホフが世を去ってから一〇〇年とプラス一年。世界中で、日本中で彼は読まれ、上演し続けられている。日本での『三人姉妹』上演数は多くて、数え切れないくらいだ。その数え切れない上演舞台のことは、評論家先生たちに任せて、なぜか多い『三人姉妹』翻案劇、それもごく最近のものに限って発言しておきたい。それぞれ、作者のコメントを短く（恣意的に）引用させていただいて……。

＊　＊　＊

二〇〇一年、『萩家の三姉妹』永井愛／作・演出。二兎社。

「最近一緒に暮らしている祖母の生活をながめていたら、その存在が見えてきた。……それまで社会性というものは、社会――外にあり、家の中に注目して書くのは小さい、古いことと思っていたが、そうではないと気がついた。……それと、自分が女であることを、これまで日本の女性演劇人は書いてこなかった。家族を見ると、その人生が女だからこうなったということ、女らしさ、男らしさとか、そのために自分の可能性を縮めて生きていることがわかる。……じゃあ、いまあえて女を書くとすると、どうなるか。いま日本の女は二極分解している。ジェンダーとか、フェミニズムに目覚めて意識的になっている女たちと、それとはまったく関係なく、興味もなく、お化粧とかグルメとか、日常を生きている女たちと。それを三姉妹で描いたらと思った。三姉妹ならチェーホフと、そうなった……」

（ＮＨＫ　アーチスト・インタビュー、二〇〇一年七月八日、インタビュアー／木野花、より）

『萩家の三姉妹』の時は現代、場は萩家。長女（大学助教授）、次女（専業主婦）、三女（フリーター）と彼女らを取りまく人々が登場する。ジェンダー問題に打ち込みながら、それと矛盾する自分の行動を抑え切れない長女など、ビビッドで際立った女性像を描き出すのに成功していると思った。

＊　　＊　　＊

二〇〇二年『〈三人姉妹〉を追放されしトゥーゼンバフの物語』　岩松了／作・演出。新国立劇場。

「『三人姉妹』の末娘イリーナの婚約者で、劇中で死んだはずのトゥーゼンバフが一九四六年のアメリカ・ニューヨークに出現する。ここには三人のイリーナがいる。『ガラスの動物園』が大いにヒットしている作者のテネシー・ウイリアムズも登場する…」とは大笹吉雄氏による筋書きである。簡潔なので利用させていただいた。

（新国立劇場上演パンフより）

「……イリーナは婚約者トゥーゼンバフの死を聞いて、『私、わかってた』と答える。感情を抑えつけ封じ込めて、宿命を受け入れるがごとく吐かれるこの台詞がチェーホフ的。あんまりかっこいい台詞なんで、ちょっとこだわってもいいかなという感じがあった……」「チェーホフはこんなドラマトゥルギーで演劇を創った……という感じに、じゃ誰にそのことを語らせようか？　テネシー・ウイリアムズだ！　という感じ……『回想録』に、自分はロレンスに影響を受けたと言われているが、影響という点からいえばチェーホフのほうが上だと書いているんです……」

（柴田矢氏との対談より　上記「新国立劇場」パンフ）

『三人姉妹』を観劇している男が、自分が実はトゥーゼンバフだと言い出し、三人のイリーナ（女優、売り子、娼婦）がからみ、テネシー・ウイリアムズも登場するという仕掛けだが、舞台は正直のところ、女優たちの力量不足もあり、少々散漫で、チェーホフをあまり感じることができなかった。

＊　＊　＊

二〇〇四年『千年の三人姉妹』　別役実／作、藤原新平／演出　アートスフィア／阿部事務所企画。

別役氏は「翻案ではない」「チェーホフの原作を使い、その中でもがいてみた……」と言っている。（別役実「チェーホフをいじる」、「悲劇喜劇」二〇〇四・四号より）

「……日本的な風土に移し直すとしたら、……チェーホフが意識している近代のインテリゲンチャという課題をふっとばすと、チェーホフじゃなくなるっていうふうになるんですけれど、それで借景はやっぱり近代という時代でなくて、もう少し長目の……

究極の課題は……時代の推移とそこにいる女の人、時代の推移を感じ取ってしまっている女性のいたましさ、そういうところを基本に据えたんです……」

（岩波剛氏との対談より　「悲劇喜劇」二〇〇四・四号）

戯曲には平安から現代にわたる千年のなかの四つの時代を、それぞれに生きる娼婦の三人姉妹が登場し、彼女らをとりまく、抱え主、ポン引き、情夫、やりて婆が登場する。人物の名は日本風、いささか性格と役割をチェーホフのものとは変えられた人物もいる。困難を乗り越え、乗り越え、生きていき、男たちが死に絶えて、三人で残ったときの、最後のせりふが次のようになる。「私たちだけがここにいて……しかも生きている……」「そうね、もう少し生きていれば、分かるかもしれないわね、私たちがどうしてこうだったのか……」「もう少し生きたら、それが分かるかもしれないって思うから……。立ちましょう」「立っていれば、生きているって思われる。……」

残念ながら、この舞台は見ることができなかった。ある編集氏によれば「舞台より台本のほうがおもしろい」であった。

＊　＊　＊

二〇〇五年　『上演されなかった『三人姉妹』』　坂手洋二／作・演出。燐光群。

「チェーホフがよくわからない。／戯曲を読んでも、芝居を見ても、わからないことだらけ。／まずあの頃、ロシアの人たちがどのように生きていたかということ、当時のあの国の常識が現在の私たちの暮らしとかけ離れている。

登場人物はみんな、なぜあんなに喋るのか。誰かが喋り終えると、また別の誰かが喋り出す。脈絡があるようでないような……。そしてこの人物はなぜこんな行動をするのか。なぜこのタイミングでそのことをするのか、謎ばかりだ。／以前『三人姉妹』の正統的な上演を経験した人に説明されれば「なるほど」と思う。だが私は相変わらず多くの誤解をしていると思う……」

（二〇〇五年、「燐光群」上演チラシより）

ある劇場に二〇年前『三人姉妹』を演じた女優三人が集まり、ふたたび公演にとりかかる。そのとき十数人の武器・弾薬を携えた占拠者が乱入し……彼女らの演じる『三人姉妹』の舞台と、占拠事件の中の人間模様が交錯し……言ってみれば、二一世紀の今日から読んでみるチェーホフなのだが、いつどんな事件や災害に出会うか分からない今日に生きるチェーホフ劇だと感じた。

舞台に話を戻そう。七月二一日ピッコロ劇場で観た。客席の前五列は入れない。そこはオーケストラ・ピットの見立てで、演技スペースになる。（実際モスクワの劇場占拠事件でも演奏中の音楽家は人質のほうへ追いやられた）そのピットと客席とを隔てる通路も演技場面に使われた。それのみか、占拠者乱入シーンでは占拠者の銃口は客席をもねらい、いわば観客すべてを人質に見立てた芝居になった。実はあのドゥブロフカ劇場事件の時、インターネットで刻々増える死者の数をみて戦りつした日々を、私は思い出した。私は通路側の席に座っていたが、黒覆面・迷彩服の女兵士（女優）が私の横で粘着テープを引き裂き、椅子の足に爆薬らしきものを固定したときには、芝居なのに体が震えた。若くて足の長い女兵士はその後もしばらく短い自動小銃をかまえて、身じろぎもせず横の通路にどっかと座っていた。

さて客席や通路に居た俳優たちが話を始めるところから芝居が始まる。劇場関係者たちとみえた彼らは、後で台本（「悲劇喜劇」二〇〇五・九号）をみたら、人質たちで事件後の思い出話だった。これは判り難かった。さて開幕のベルが響くと見えて、大砲の音も混じり、通路の俳優たちが身をかがめると舞台を隠していた黒幕が落とされる。空っぽで殺風景な二重舞台を下から破って、順にオーリガ、マーシャ、イリーナと名乗る女優が一人ずつ出てきて「……私はオーリガと呼ばれていた。都から一二〇〇キロ離れた田舎町に住み……毎日モスクワを夢みていた……」などと話し出す。三人姉妹かと思いきや、三人とも昔それを演じた女優で、普段も役の名で呼び合うように舞台監督に強いられていただけ、三人それぞれ血塗られた過去や、おぞましい生活を語り……、同時に俳優としての自負や疑問を話し出す。そこへ銃の乱射とともに覆面・迷彩服の一団が登場、三人が倒れ、観客が俳優もろとも人質にとられ、爆薬の設置や燃料缶の据付け、「携帯電話で、我々占拠者の要求を外部に伝えろ」の命令、強要の場面となる。人質たちは何がなんだかわからないまま、携帯で家族と嬉しそうに話しはじめる。（事実、ドゥブロフカ事件でもそうだった、とか。）

ここまではプロローグのようなもの、この後のベルで『三人姉妹』第一幕が始まる。姉妹役三人のほかに、人質を演じていた俳優たちが、ヴェルシーニン、チェブトゥイキンやアンドレイ、クルイギンなどの役で、チェーホフ劇にも参加する。ドイツ系のトゥーゼンバフだけはアメリカ人のトーマス役に変えられた。しかし劇場関係者や、人質でもあるので、相互の人間関係、また占拠者との会話が、チェーホフのせりふに混じりこんでくる。ロシアの昔のせりふの間に、現代の生活がからみ、国家と占拠者たちの故郷との関係、劇場をめぐっての利権争いや、離婚した夫婦の会話、新しい友情の芽生えさえ語られる。それが第二、第三、第四幕と幕間の間に散りばめられて、占拠事件も変転を遂げて大詰めに至る。強行突入、犠牲者一二八人の数が語られ、もうチェーホフはどこかへいってしまったのかと、実は思いかけていたら、占拠者・人質たちがもとの俳優に戻って舞台中央下に集まり、舞台中央に立つ三人姉妹にスポットが当たって、チェーホフのフィナーレのせりふになった。

「いつかはわかる日が来る。どうしてこんなことが起きたのか、なぜこんな苦しみがあるのか。でもそれまでは、生きていかなければ……働かなくては。私は働く。／……私たちの人生はまだ終わっていない。生きていきましょう。だって楽隊はあんなに華やかに、楽しそう……／もう少ししたら、きっとわかる日が来る。／私たちはなぜ生まれたのか。なんのために苦しむのか。／それがわかったら。それがわかったら。／それがわかったら。／それがわかったら。」と三人が交互に言う。

ここにはチェブトゥイキンのはいる余地がなかった。（こんなに地球のあちこちで血が流されているのだ）遠ざかってゆくのは軍楽隊の響きではなく、大砲の音と〝インターナショナル〟のメロディーだった。

まだまだ未整理の部分がのこる戯曲だが、ひとついい舞台を見られたと私は思った。

あとがき

ペトルシェーフスカヤのチェーホフ『三人姉妹』論に触発され、坂手洋二の舞台に心打たれ、ここまで紙数を気にしながら書いてきたがいささか長すぎた。読者の皆さま、お疲れさま。でも残るのは「やはりチェーホフは高い峰だ」ということ。その彼に挑むペトルシェーフスカヤ劇文学のユニークさについては書き続けねばなるまいと思っている。

（二〇〇五年九月一〇日）

幕間

タガンローグ、チェーホフ生誕の地の思い出

東京演劇アンサンブル劇団の公演の随行で、一九九三年チェーホフの生まれたタガンローグに行くことが出来た。当時直行便はなく、軍の飛行機で舞台装置と共に、貨物のように運んでくれた。寂《さび》れた港町だが、チェーホフ所縁の建物はあちこちに保存されている。生家、父親の店（今は博物館）、中学校（チェーホフの成績表が机の上に広げてあった）、彼が図書を寄贈した図書館。……彼の銅像もほうぼうに建っていた。

私は〝父親の店〟博物館で一枚の油絵を購入――チェーホフも座った椅子、テーブルのある一隅をスケッチしたもの。図書館・博物館にはガラスのパネル一面に彼の言葉が連ねてあった。この地では父親の店の手伝いと、教会合唱練習のため、彼の〝子供時代はなかった〟にもかかわらず、チェーホフは図書館・美術館に資料を送り続けた。後輩たちのためか？

劇団は〝チェーホフ演劇祭〟で『かもめ』を上演、観客の評判は上々だった。モスクワから来演した『ワーニャおじさん』はその年の〝トゥランドット賞〟をもらい、授賞式に出席する演出家と飛行場ですれちがった。その舞台も見、ペテルブルグから来演の〝二人芝居（チェーホフの短編で構成）〟を観劇、俳優たちとも交流した。

『現代能楽集　チェーホフ』を観る

二〇一〇年九月、坂手洋二演出『現代能楽集　チェーホフ』を観る。

あの世もこの世も「融通無碍」という舞台形式で、近代劇を現代に蘇らせる試みの一つ。チェーホフが百年余り前に書いた戯曲を「いじりに、いじって」、現代との通底部分をずばり表現するだけでなく、「その後」をも語ろうとしている。

『かもめ』は最後の場面から、最初の場面へさかのぼり、時の限界を超えるほか、若い女がトレープレフとニーナの二役を白い包帯を頭に巻く、外すだけで瞬時に演じ分けて、男女の境界を越える。確かに「私はかもめ」はトレープレフのせりふでもある。

『桜の園』は切り倒されたものの、当のロパーヒンの手で再び真っ白な花で蘇り、また滅ぼされ……。「ワーニャ・アーストロフ記念館」は所有者の女が手放して、ダムの水底に沈もうという危機に面しているが、女は「沈むも沈まぬも、決めるのは政治家」というせりふで消える。……

『三人姉妹』は武装兵にかこまれても、「生きていかなければ、生きていくのよ」をくりかえす。……　どんなに坂手に「いじられ」ても、しかし「チェーホフはチェーホフ、したたかに生きている」。こんなにいじり甲斐のある作家はほかにあるまい。

チェーホフの遺言状

「愛するマリヤ、きみの生涯の終わりまで、僕はきみにヤルタの別荘を遺産します。戯曲からの収入や金もきみのものです。妻のオリガ・レオナルドヴナにはグルズフにある別荘と五千ルーブリを遺産します。不動産はもし必要なら、売ってもいい。兄のアレクサンドルには三千、イワンには五千、ミハイルには三千ルーブリを遺産します。……

きみと母の死後は、戯曲からの収入を除き、すべてをタガンローグ市管轄下の教育費に、戯曲からの収入は兄イワンに、彼の死後は、同じくタガンローグ市の教育費に寄贈。……貧しい人を助けなさい。母さんの面倒を頼みます。穏やかに暮らしなさい。

アントン・チェーホフ」

一九〇一年八月三日、結婚の七〇日後、マリヤ宛に書き、自分の死後に渡すようにクニッペルに託した。……で省略した部分には知人や、メーリホヴォの農民たちに託した小額の配分が述べられている。この手紙は新しく生じた家族関係を正すつもりで書かれたものか、法的な裏書はない。手紙はヤルタ邸にとどめられていたが、最後にヤルタから出発する時には自分で携行している。彼の葬儀後ヤルタに集まった親族一同の前で、クニッペルがマリヤに渡して披露され、公証人によって遺産執行が証明されたという。

チェーホフの墓　　1996年春

Ⅲ　チェーホフとゴーリキイ

『どん底』ＭＸＴ初演のころ

――チェーホフとゴーリキイ――

はじめに

二年ほど前から少数だが熱心な読者たちに囲まれて、チェーホフを読む会を続けてきた。チェーホフはまことに不思議な作家で、読みなれた筈の小説が、また新しい味わいをもたらしてくれて、毎回チェーホフの新たな風貌を見つける気分にさせられる。書き過ぎない作家、チェーホフに慣れ親しんだいまの私には、ゴーリキイは胃に重いビフテキを食べさせられる気分がある。しかし『どん底』はロシアでも、世界文学でも傑作に違いない。生誕一四〇年の記念年に花束の一つをという気分で、このエッセイを捧げる。

『どん底』という作品については、かなり昔だが、〝むうざ〟五号（一九八七年）に書いた。いま戯曲を読み返しても、自分の文章を読み返しても新たに書き加えたいことは見当たらない。特に常に論議の中心になるルカーやサーチンという人物の役割についての解釈は変わらない。強いていえば、登場人物のおしゃべりが過ぎること。当時演じた女優オリガ・クニッペルには気の毒なくらいにナースチャのせりふは甘ったるい。でもそれは大したことでない。戯曲の骨格はしっかりしているし、登場人物は現代にあっても違和感なく舞台に生きるだろう。

というわけで、これから書くのは『どん底』そのものについてではなく、この作品が生まれ出た頃の二人の作家、チェーホフとゴーリキイという天才たちの交錯した運命のおもしろさに惹かれたので、そのあたりについてである。

(1) 文通はじまる

チェーホフは一八九七年戯曲集（『かもめ』と『ワーニャおじさん』他を収録）を出した。『かもめ』初演は周知のようにペテルブルグでは手痛い失敗にあったが、モスクワ芸術座（MXT）での一八九八年一二月一七日の初演は成功、生まれたばかりの劇団の財産になったばかりか、劇作家チェーホフを世に知らしめた。『ワーニャおじさん』はまだ首都での初演はかなわなかったが、本が出たことで地方では盛んに上演された。

ゴーリキイは一八九八年五月七日逮捕され、チフリスへ送られるが間もなく釈放される。しかし以後、警察の特別監視下に置かれる。一八九八年二―四月、ゴーリキイは二巻作品集を出版、新進作家の文名が高まっていた。その頃からの話である。

ゴーリキイは九八年一〇―一一月に始めてチェーホフに手紙を出す。先輩作家へ尊敬する気持ちを伝え、自分の著書を手配して送ると書く。チェーホフのはじめての返事は九八年一一月一六日、でも本格的な返事は九八年一二月三日。九八年一一月にゴーリキイがニージニイ・ノヴゴロドの舞台で観た『ワーニャおじさん』の感想を書き送ったのにも答えている。「数日前『ワーニャおじさん』を見て……女のように泣きました。……この戯曲が私の心によびおこしたものを、うまく、はっきりと述べることはできないでしょうが、私はその主人公たちを見て、まるで自分が鈍いのこぎりで挽かれるような気がしました」という有名な手紙である。チェーホフはこの感想に礼を言いながら、『ワーニャ』については言及せず、「ぼくは自作に対して冷淡で、久しく劇場から離れており、戯曲を書く気はもうありません」と返事する。『ワーニャ』についての帝室劇場関係の委員会のいちゃもんにうんざりしていた時期だった。

それよりゴーリキイの短編をどう思うかという問いに先輩作家として、いくつかの忠言を与えている。例えば『曠野で』を評価し、才能やすばらしい感覚の持ち主と言い、もし欠点について言うなら、抑制がない、不向きな言葉が目ざわりとも言い、この新進作家に、文学者たちの間で修業するようにと忠告する。

ゴーリキイは手紙に感謝し、自分は独学、三〇歳、あまり面白みのない人間と自己紹介。チェーホフ戯曲に対して、観衆のひとりとして言わずにはおられない。「例えば『ワーニャおじさん』と『かもめ』は劇芸術の新種であって、そこではリアリズムが魂を吹き込まれ、深く考え抜かれたシンボルにまで高められている……あなたの戯曲に聞き入りながら、偶像への犠牲に供された生活について、人々のみすぼらしい生活のなかへ美をもたらすことについて、また多くの、その他の根本的な、重要なことについて、私は考えていました……」（九八年一一月五日以後）。更

チェーホフとゴーリキイ　1900年

に一九〇〇年一月五日の手紙には『犬を連れた奥さん』に触れて書く。「おわかりですか、あなたが何をしておられるか？　リアリズムを殺しておられるのです。そしてあなたは間もなくそれを殺してしまわれるでしょう——とどめを刺して、幾久しく。この形式は自分の時代を生き尽した——事実です！　あなたより先には——誰もこの小道を行くことはできません。あなたがなされるようには、こんな素朴なものについて、こんなに素朴に書くことは誰もできません。ごくささやかなあなたの短編のあとでは——すべてが粗野に、ペンでなく、まるで薪ざっぽうででも書かれているような気がします。……」この雄弁な言及は、ゴーリキイがチェーホフのファンにとどまらず、チェーホフ文学のごく初期の理解者であることを語っている。

この『奥さん』評と前後するがチェーホフは九九年一月三日の手紙で、新年の挨拶の続きにゴーリキイの作風批判についての誤解を正す。「僕が書いたのは、粗野のことではありません。……めったに使わない言葉の不適当さについてです。」「『曠野で』と『筏の上で』、これは傑作です。……ただ一つの欠点は——抑制のないこと、優雅さのないことです。……あなたの消費には過剰が感じられます。」チェーホフはゴーリキイへの働きかけをやめない。一八九九年五月九日「戯曲を書くお気持ちがあったら、書いて、読ませてください。書いて、仕上がるまでは秘密にしておくこと。さもないと、ひっかき回されて、気分を壊されますよ。」一八九九年六月二二日「なぜあなたはご自分の『フォマー・ゴルジェーエフ』をそんなに罵倒なさるのです？　それには二つの理由があるように思えます。あなたは成功とともに書き始めた、騒々しく書き始められた。そのために、今では月並みなこと、平凡なことに満足できず、うんざりなさるのです。これが一つ。

第二に、文学者は地方暮らしをしたら罰を受けずにすまぬものです。……文学者の自然な状態は、常に文学界の近くに身を置き、ものを書く人々の傍でくらし、文学を呼吸することです。……」そしてモスクワやペテルブルグに出ることを勧め、チェーホフ自身の住むヤルタへも誘う。

チェーホフより一〇歳若い作家、I・ブーニンの興味深い証言がある。「九九年の春のある日だった。ヤルタの海岸通りを歩いていると、向こうからチェーホフが誰かとやってくる。チェーホフは日差しをよけているのか、並んで歩きながらなにやら低音でつぶやいてはさかんにインバネスから両手を高々と振り上げているこの人物をよけているのか、新聞で顔を隠している。チェーホフと挨拶を交わすと、その人物は言う。『お近づきになってください、ゴーリキイです』……」ゴーリキイの風貌についてブーニンは書く。「インバネスの下は黄色いシルクのシャツで、シャツの裾と襟には色とりどりの絹糸で刺繍をしてある。……背の高い、いくぶん猫背の赤毛の青年で、小さな目は緑色を帯び、あぐら鼻はソバカスだらけで小鼻が大きく、軽く咳払いしては鼻の下にたくわえた黄色いちょび髭をたえず両の親指にちょいと唾をつけて撫でている。……チェーホフに時折視線を走らせてその印象を捉えようとする。さも腹の底から熱っぽく話しているかのような大声で、比喩を用いては芝居がかりで絶叫していたが、わざとらしく粗野で野蛮だった。……チェーホフはろくに聞いていないのに、ゴーリキイはひたすらしゃべり続けた……。」またチェーホフが去った後、二人きりになった時の印象を次のように書いている。ゴーリキイは自分の部屋に寄ってくれと言い、妻とわが子の写っている写真を見せた。「ここにいるのは、チェーホフと海岸通りを歩いていたのとはまったく別人だった。愛すべき人物、ひょうきんで傷つきやすく、卑屈なまでに慎ましく、もう話し声も低音でもなければ芝居がかって粗野なところもなく、……不自然なくらい打ち解けた話しぶりだった。」そのあとでブーニンは付け加える「どちらの場合も彼は演じていた。同じように満足し、同じように倦むことなく」と。この機会以後、ブーニンはゴーリキイと何度も同席しているが、この初印象を訂正してはいない。ブーニンとゴーリキイ、相容れない二人の作家。ゴーリキイの〝ブーニン〟観を併記しないのは不公平かもしれないが、資料が手元にないのでお許し願いたい。今のところ私の興をひくのは、チェーホフをはさんだこの二人の出会い、そしてブーニンがほとんど悪意に近いゴーリキイ印象記を残しているることだ。しかもこの文章の中ほどにつぎの行が挿入されている。「私とチェーホフのあいだに親密さのようなものが生まれたのは、この日ではなかったか。彼（チェーホフ）のほうが、やや感傷的にためらいがちに私に見ほれて言った。

『あなたこそ貴族階級の、プーシキンとトルストイを世に送り出したあの文化の最後の作家だ！』」

（以上、ブーニンの引用は『チェーホフのこと』より）

ともあれ、以後、チェーホフの身辺には二人の作家の姿がたえずちらちらする。

チェーホフの『ワーニャおじさん』は一八九九年一〇月二六日ＭＸＴで初演されたが、チェーホフ自身は見ていない。

一九〇〇年三月二六日、チェーホフのオリガ・クニッペル宛の手紙（ヤルタ発）に「ゴーリキイが来ています。彼はあなたとあなた方の劇団をとてもほめています。いずれ紹介しましょう」とある。

(2) モスクワ芸術座、ヤルタに来る

モスクワ芸術座は自作の『ワーニャおじさん』をまだ見ていないチェーホフに見せるために、そして『かもめ』に続いて『ワーニャおじさん』も成功した作家に、次の作品執筆を促すため、劇団を挙げてクリミヤ公演を敢行することにした。一九〇〇年春である。

演目は『かもめ』、『ワーニャおじさん』、ハウプトマンの『寂しき人々』、イプセンの『ヘッダ・ガブラー』で、まず四月一〇日から一三日までセヴァストーポリで公演、ついで一六日から二三日までヤルタで公演した。

チェーホフはこの機会に芸術座と引き合わせるため、ゴーリキイにしきりにヤルタ来訪を勧めている。一九〇〇年二月一五日「ここへは五月（原文のまま）にモスクワから芸術座が来ます。公演は五回、そのあと稽古に残る筈。ですからぜひお出でなさい。稽古を見て舞台の規則を勉強し、そのあと五日か八日で戯曲を一つお書きなさい。その戯曲を僕は心から歓迎します。」同年三月六日「ぜひお出でなさい。あなたはこの劇団にもっと接近し、よく見ることが必要です。戯曲を書くために。舞台稽古を見れば、あなたは一そう磨かれるでしょう。」

劇団は予定通りヤルタにやって来た。チェーホフの妹マリヤの回想から。「芸術座がヤルタのアントンの許へやって来たあのすばらしい春の数日を、私は生涯忘れません。あの時私たちの家はそれはそれは陽気に華やいだものでした。私たちの家の扉はその間開きっぱなしでした。ネミ

ローヴィチ・ダンチェンコとスタニスラフスキイを始めとして劇団の全員が終日私たちの家で過ごしました。私と母は食卓の用意と片付けが間に合わないほどで、朝食が終わるか終わらないうちに昼食、昼食がいつの間にかお茶に、という具合でした。そしてそれは、皆が楽屋入りをする夕方まで続きました。セヴァストーポリから戻ってから再び私の家に泊まっていたクニッペルが接待に手を貸してくれて、私たちは大助かりでした。……

俳優たちの他に、その時ヤルタに集まってきた作家たちも私たちの所へやってきました――たとえばゴーリキイ、ブーニン、クプリーン、マミン・シビリャーク、エルパチェフスキイなどです。兄は自分の家がこんなふうに活気に溢れるのが好きで、誕生日を祝されているみたいに嬉しそうで、満足気でした。」

（『兄チェーホフの思い出』より）

スタニスラフスキイも書いている。「ある片隅では文学談義がたたかわされていたし、庭では小学生のように誰が一番遠いかと石投げをしていた。第三の塊ではイワン・ブーニンが、比類なき腕前をみせながらなにものかの物まねを見せていた。そしてブーニンのいるところには、必ずチェーホフがいて、ハハハと声高く笑い、笑い死にそうになっていた。」スタニスラフスキイ自身はゴーリキイに魅せられていて、「ゴーリキイのポーズやゼスチュアに思わず見とれている自分を度々みいだした。」ゴーリキイはベランダで人々に囲まれながら放浪生活の体験を話していた。次のような行も見逃せない。「ゴーリキイがしばしばチェーホフをうっとりとみつめていたそのまなざしも、チェーホフが一言いってもそれでゴーリキイが満面に漂わす微笑も、更にチェーホフの機知に快く笑うゴーリキイの笑いも、私たちをこの家のあるじチェーホフに対するみん

な《*》の愛情のなかに結びつけた。」（以上の引用はスタニスラフスキイ『芸術座のチェーホフ』より）

このヤルタの出会いで芸術座とチェーホフの関係はゆるがぬものになったし、ゴーリキイは芸術座に戯曲を書く約束をした。チェーホフの庭には『ワーニャおじさん』の舞台に使われたブランコとベンチが残された。

(3)『どん底』の初演まで

チェーホフはゴーリキイへの働きかけをやめない。

一九〇〇年七月七日「僕があなたの手紙を頂いたのは、ヤルタをお発ちになった直後、その頃はまだ何も新しいことはなかったでしょうが、今はあらゆる種類の無類に面白いニュースがおありのことと想像しています。……戯曲を書きましたか？　お書きなさい、お書きなさい、お書きなさい、当たり前に、気取らずにお書きなさい。きっと絶賛の嵐が吹きましょう！」この「お書きなさい、お書きなさい、お書きなさい！」は九月八日の手紙でも繰り返されている。ゴーリキイはどうやら書き始めたようだ。だが最初の戯曲は本人によって破棄され、戯曲『小市民』の執筆が始まっていた。

この後、二人の作家それぞれに個人的な事情が起こっている。

まずチェーホフ、彼は芸術座がモスクワへ去った後、追っかけてモスクワへ出たが体の不調でヤルタへ戻る。チェーホフとオリガとの仲がより親密なものになったのはその夏だった。八月九日ヤルタ発から、オリガに宛てたチェーホフの手紙はがらりと変わってインチームな調子を増す。

同時に、この手紙でチェーホフはスタニスラフスキイに次の戯曲の約束をしてしまったことを書いている。この日以後彼の手紙は、オリガへの個人的な話の他に、彼女が芸術座への橋渡し役を担ったこともうかがわせる。戯曲『三人姉妹』は書き始めたが来客多数などでなかなか進展しない。

注目すべきは次のような彼の言及である。「このシーズンに上演していいかどうかは、わかりませんね。というのは、まず第一に、ひょっとすると戯曲がまだ十分にできあがらないかもしれず、――机の上に横たわったままでいるかも知れないし、第二に、僕は何としても舞台稽古に立ち会わなければならない。何としても！　四つの重要な女の役、四人の若い教養ある女性の役を、僕は何としてもアレクセーエフ（訳注――スタニスラフスキイ）に任してはおけない。勿論、僕は彼の天分と理解力を十分に尊敬してはいるのだけれど。一目でもいい、僕は舞台稽古を見なければならない。」（九月一五日、ヤルタ発）『かもめ』と『ワーニャおじさん』の出来に、作者としてはなお劇場に言いたいことのあった事実が見てとれるし、新作に賭ける作者の当然の注文ともいえる。その後、病気をしたり、「戯曲のことは聞かないでください。どっち道、今年は上演できないのだから。」などと書きながら、チェーホフは未完の戯曲を携えてモスクワへ出、一〇月二三日から芸術座を訪れたり、所用を果たしながら一二月一一日外国へ発つ。落ち着いた先のニースで『三人姉妹』を仕上げて、稽古をしながら待っていた芸術座へ発送する。一二月二一日「戯曲を脱稿して、送りました。君のために、特に第四幕で、沢山書き加えました。……舞台稽古はどんな様子か、何か疑念はないか、すっかり分かるかどうか、手紙してください。」（ニースより、オリガへ)。一九〇一年一月二日「……せめて『三人姉妹』の稽古の様子でもいい、知らせてください。何かつけ加える、あるいは何か削る必要はありませんか? 君は上手に演ってますか? 注意したまえ! どの幕でも悲しそうな顔をしちゃいけない。腹立たしげな顔、そうだ、しかし悲しそうな顔じゃない。長いこと悲しみを抱いていて、それに馴れている人は、ただ口笛を吹いて、たびたび物思いに沈むものだ。だから君も、舞台で会話の時にたびたび物思いに沈みなさい。わかりますか?」(ニースより、オリガへ)。マーシャ役に対するオリガへの忠告、作者自身が言及した『三人姉妹』の大切なキーのひとつである。ほとんど知らされない舞台稽古の様子にやきもきしながら、チェーホフはニースを発ってイタリアへ。ピサ、フロレンス、ローマとオリガへの手紙で行程がわかる。二月四日ローマでやっと受け取ったナポリ経由の芸術座の電報で『三人姉妹』の上演を知る。MXT初演は一九〇一年一月三一日だった。チェーホフは今回も初演日に間に合わなかった訳だ。

ゴーリキイが「嵐よ、もっとはげしくとどろけ!」で有名な詩『海ツバメの歌』を書いたのは一九〇一年四月である。ペテルブルグで起こった「三月四日事件」に呼応したかのようなゴーリキイの執筆活動は当局ににらまれて、四月一七日逮捕されるが、病気のためニージニイ・ノヴゴロドの自宅に監禁される。この直前、三月二〇日過ぎに、ゴーリキイは事件後の興奮のなかで、学生たちへの援助金を求めてチェーホフへ手紙を送る。末尾にペテルブルグで見た『三人姉妹』について、「この上演は驚嘆すべきです! ……音楽です、演技というものではない。このことについては後で、少し正気になってから書きましょう。」と書き添えている。

チェーホフは一九〇一年春、オリガとの結婚を決める。五月二五日、知人や親族の誰ひとり列席しない、二人と証人だけのひそやかな結婚式をあげて、その足でオリガの母親を訪ねた後モスクワを発った。結婚については、母親をはじめ友人たちには簡単な挨拶状を送っただけだった。チェーホフの母と妹は驚きあきれたが、「これまでの生活と変わりはない」とのアントンの説得で、この事実を受け入れた。八月半ばオリガがモスクワの劇場に戻った後は、以前と同じ、演劇シーズン中は夫はヤルタ、妻はモスクワの劇場という別居生活が続いた。

ゴーリキイのはじめての戯曲『小市民』は約束どおり、チェーホフに送られた。その読後感が一〇月二二日に書かれている。「僕があなたの戯曲を拝見してから五日程経ちました。今までお返事しなかったのは、第四幕が入手できなかったからです。……僕は三幕まで拝見しましたが、これだけで十分この戯曲について判断できると思います。戯曲は、僕の期待したとおりとても素晴らしく、ゴーリキイ的に書かれ、独創的で、実に面白い。もし欠点を言えというなら、一つだけ……それは形式の保守性です。新しいオリジナルな人々に、あなたは古びた楽譜で新しい歌をうたわせている。……」（モスクワ発）

ゴーリキイは肺患のため、一九〇一年一〇月からクリミヤに定住を許され、オレイーズに居を構え、妻子とともに暮らしたから、チェーホフとはしばしば会う機会があったようだ。チェーホフに言わせると、ゴーリキイの住いは「海岸の素晴らしい場所にあるけれど、家の中はごったがえしている。子供たち、婆さん、環境は作家らしくない。」（一九〇一年一二月六日、オリガ宛手紙）

しかし勿論いかなる環境の下でも、ゴーリキイの執筆活動は止むことはなかった。

一九〇二年は二人の作家にとって事件の多い年だった。

ゴーリキイはアカデミー名誉会員に推されながら、皇帝の横槍で推薦が取り消された。これに抗議して、チェーホフは作家コロレンコとともに自身のアカデミー名誉会員を返上した。ゴーリキイは『小市民』の舞台化を見ぬうちに、次作『どん底』を書き始めていた。

ちなみに『小市民』MXT初演は、厳重な警戒の下に一九〇二年三月二六日行われたが、何事も起こらず、大成功だったようだ。

三月三一日チェーホフの妻オリガが倒れた。旅公演、稽古、歓迎会などでの不摂生がたたって流産したのである。彼女がヤルタに運ばれた時は「汽船から担架で馬車へ運びこまれる」状態だったという。少し回復したところで夫婦でモスクワへ出て専門医の治療を受ける。ところがオリガは腹膜炎を発症。チェーホフは夫として、医師として介抱するが、チェーホフ自身看病疲れで健康を害し、医師や友人たちの勧めで六月半ばからS・モロゾフ同伴でヴォルガ旅行を試みる。旅行から帰ったチェーホフは、スタニスラフスキイの招待を受けて、七月五日から彼の別荘リュビーモフカに夫婦で滞在、静養する。こんな中でチェーホフはゴーリキイの『どん底』を読んでいる。

「戯曲拝読しました。新しい、疑いもなく立派な戯曲です。第二幕は実に素晴らしい。とりわけ幕切れを読んでいて、僕は満足のあまり跳び上がらんばかりでした。……観客はいつもと違った気持ちで劇場から出てゆくでしょう。いずれにせよ、あなたは楽天家との評判と別れることが出来ます。……第四幕から、あなたはいちばん興味のある人物たち（役者を除いて）を連れ去っ

『どん底』モスクワ芸術座　1904年

てしまった。そのためまずいことが起こらぬよう、注意なさい。……役者の死はひどい。わけも理由もなく、いきなり観客の横面をひっぱたくみたいです。……僕はアレクセーエフの別荘に住んで、朝から晩まで魚を釣っています。……八月末にはお会いしましょう。」（一九〇二年七月二八日、リュビーモフカ発）

ゴーリキイの返事。「第四幕のことは心配しません。そして――なんにも恐れません。このとおり！　やけっぱちになりました。」（八月一日または八日、アルザマス発）

新しいゴーリキイの戯曲『どん底』は芸術座のすべての人に歓迎された。しかし劇団のこれまで取り組んだことのない題材と登場人物たちである。なにしろ社会の最底辺で生きる人たち、職や家を失った職人、失業者、売春婦、泥棒、ペテン師、ばくち打、放浪の巡礼などが、薄暗い地下室で〝かいこ棚〟とよばれる板ベッドに雑居している。まさに当時のゴーリキイにしか描けない〝どん底〟生活の物語だ。そこで演出家ネミローヴィチ＝ダンチェンコ、スタニスラフスキイをはじめ芸術座の関係者一同が、当時モスクワの最底辺事情に詳しい作家ギリャロフスキイの案内で、普通の人なら無事に帰れないと言われていたヒートロフ市場の見学に出かけたというのは、よく知られた話だ。ナースチャ役のオリガはほんものの売春婦に教わったりした。

ＭＸＴ『どん底』初演は一九〇二年一二月一八日だった。

ゴーリキイ本人に言わせると「戯曲の成功は例外的なもので、私はそのようなことをなんら期待しなかったのです。そして、この驚嘆すべき一座以外には、この戯曲はどこででも成功を博すことはないでしょう。（ダンチェンコは）とてもみごとに戯曲を解釈し、ひとことも落とさないように、芝居を仕上げました。演技は――感動的です！……チェーホフとイプセンのタイプを描き出すことに慣れ親しんだこの人たちすべてが果たした、驚くべき飛躍を理解しました。……二日目の上演は演技の調和によってさらにはっきりしました。観客はうなり、声を立てて笑う。想像してごらんなさい、――戯曲には死ぬ人間がたくさん出てくるにも関わらず、全四幕、劇場の中は笑い声がたえなかった。」（Ｋ・ピャトニーツキイ宛、一九〇二年一二月二〇日または二一日）

チェーホフはヤルタに居て、この戯曲の上演を案じていた。しかしスタニスラフスキイから即日電報をもらって、オリガに書いている、「戯曲と劇団は大成功……オリガは繊細な観客にとっては、ナンバア・ワン……だって。喜びなさい、可愛い人。君の夫は非常に満足して、君の健康を祝って今日にも一杯やるだろう。」（一二月二〇日）「あの戯曲は素晴らしくうまく行ってるそうだね。つまりシーズンは救われた、損せずにすむという訳だ。」（一二月二一日）「今日『どん底』のことの出ている新聞が出た。君たちの劇団がどんな大成功を博したか、今こそ知りました。これでシーズンの終りまで、君たちは大入満員で、上機嫌でいられると、まあそう言える訳ですね。」（一二月二三日）この手紙の後ろに「八〇〇ルーブリ食べて飲んだというその『どん底』のあとの夜食の様子を詳しく知らせてくれ給え。」とある。ゴーリキイにだけでなく、多くの作家に戯曲執筆を依頼していたチェーホフの狙いの一つに、劇作家仲間を増やす願いとともに、芸術座の経営安泰をという願いがあったことがわかる。「八〇〇ルーブリの大騒ぎ」は初演後、ゴーリキイが出演者ほか一同を招待して、大いに飲んで騒ぎ、最後は俳優のひとりが大暴れするというハプニングで終わったようだ。

ゴーリキイはK・ピヤトニーツキイに宛てて『『どん底』の成功はみんなを、完全に理性を失わせるほど有頂天にさせました。』とこの大騒ぎを報告した後、次のように書いていることは見逃せない。「にもかかわらず、――観客も、批評家たちも、戯曲を咀嚼《そしゃく》してはくれなかったのです――誰のせいでしょう？　モスクヴィン――ルカーの才能か、それとも作者の無能力か？　私としてもあまり愉快ではありません。」（一九〇二年一二月二五日、ニージニイ・ノヴゴロド発）

ピヤトニーツキイは後にゴーリキイの言葉として、次のように伝えている、「ルカーはペテン師です。彼は、自分自身では、何ごとも信じていない。しかし、彼は人々が苦しみ夢を求めていることを見ている。彼にはこの人々が憐れだ。だから彼は慰めのために、人々にさまざまな言葉を送るのだ。」ルカー像に熱狂する風潮があったのだろう。しかしそれは、作者の罪ではなく、戯曲に忠実に演じたモスクヴィンにも罪はない、と私は思う。

ところで『どん底』初演についての『MXAT一〇〇年史』におけるE・エゴーシナによる記録は看過できない。『一〇〇年史』は公式報告の一つと思うのだが、ここに書かれた事には驚きを禁じ得ない。ある意味ではその後のMXTの複雑な内部矛盾を示唆するものではあるが、『どん底』初演に関してである。

「スタニスラフスキイにとって戯曲の導入となったのは、ヒートロフ市場見学から得た印象である。〝どや街〟の日常生活からショックを受けた彼は、演出プランの中に、するどい細部の山を持ち込んだ。例えば、メドヴェージェフ（巡査）の制服の下の汚れたワイシャツ、サーチンは自分の靴を枕に眠り、上着をはだけている事である。スタニスラフスキイにはこれらの人々の生活を感じることが必要だった――体を覆う汚い衣服の感覚、どこへも行き場のない空間における密集した汚れた肉体。彼を興奮させたのは、大文字の人間についての言葉でもなく、ルカーの哲学でもなく、あるいはルカーとサーチンの論争でもない。ゴーリキイの提示した生活の中における〝かつて人間であった人々〟の無意味な唯一の出口が、死であるという悲しい恐怖であったことだ。

ネミローヴィチ＝ダンチェンコにとって重要なのは別のことだ。ゴーリキイの主人公たちの、運命との絶望的なたたかいに重要なものは――勇敢さ、魂の力、理性的な意味と、ユーモアの感覚だった。戯曲をかさ高くせず、重くせず、作者の呼びかけに耳をかたむけ、灯りを暗くせず――これがネミローヴィチの俳優たちに対する呼びかけであった。彼は呪文のように繰り返した、〝勇気ある軽やかさ〟、これこそ『どん底』舞台決定のキイであると。……『この〝勇気ある軽やかさ〟こそ、戯曲のトーンである。悲劇（『どん底』は悲劇である）をこういうトーンで演じるなら、舞台における全く新しい事件になる。』スタニスラフスキイによれば『ネミローヴィチ＝ダンチェンコはゴーリキイ戯曲を演じる真の手法を見出した。』ただスタニスラフスキイ自身はこの――単に役を報告する――手法をとり得なかった。

二人の演出家の異なる意見のため、初演の夜のポスターには演出家の名が印刷されていなかった。演出家たちの名は、轟々たる初演の成功があった後に、現れた。」

エゴーシナ記述の最後はつぎのようになっている。「初演からしばらくして、ゴーリキイは演出に失望し、芸術座の、何よりもモスクヴィンの戯曲解釈の思想的誤りを非難した。スタニスラフスキイは自分のサーチン役に嫌気がさし、演出すべてを〝マールイ劇場的〟とあだ名した。(これはネミローヴィチにとっては、許しがたい侮辱であった。)しかし作り手たちの論争と意見のくい違いは、このスペクタクルの幸せな運命に影響を与えなかった。初演の夜の『恐怖と感嘆をないまぜた調子』は、長年の間観客席に応える流れとして呼び出された。」

(以上、エゴーシナの記述引用は『MXAT一〇〇年史』一九八九年刊より)

オリガの手紙「ついに『どん底』をやりました。ゴーリキイにとっても、劇場にとっても大成功。うめき声があがりました。『かもめ』の初演のときとほとんどそっくりでした。あの時と同じ勝利です。……この芝居の最大の美点は、大袈裟にしなかったこと、すべてが素直で、生き生きしていて、悲愴ぶっていないことです。舞台装置が立派です。わが劇団はまたまた成長しました。……でもK・C(スタニスラフスキイ)は、それでも『桜の園』に夢を馳せて、きのうもまた、例え『どん底』が成功だとしても、あまり気乗りはしないなどと言っていました。冗談だけど、ですって。……」(一二月二〇日、チェーホフ宛)

チェーホフは『どん底』の上演には大変な興味を持っていたが、ついに見ずにおわったようだ。

(4) その後の二人の作家とモスクワ芸術座

一九〇三年チェーホフの戯曲『桜の園』が完成した頃、ゴーリキイは自分の関係する「ズナーニエ」社の文集に『桜の園』を所望し、チェーホフ自身も賛成したが、著作権問題が起った。チェーホフは一八九九年マルクス出版社に七万五千ルーブリで全著作権を売り渡していた。ヤルタ邸建設のためと、母や妹をふくめての財産整理のためだった。ところでマルクス社との契約は以後の作品にもおよぶもので、チェーホフ作品からの収入は、慈善的な出版を除き、ほとんど全部マルクス社の独占するところとなっていた。ゴーリキイはこの契約の不正を憤慨し、その解約をチェーホフにも勧め、自分でも文学者たちの署名を集めてマルクスと交渉しようと奔走したが、事前にそのことを知ったチェーホフの意向によって中止させられた。『桜の園』は「ズナーニエ」文集に載った。

『桜の園』ＭＸＴ初演は、一九〇四年一月一七日。この日チェーホフ文学活動二五周年の祝いの集会が、『桜の園』舞台上で第三幕と第四幕の間に行われた。

チェーホフはこの年、ドイツのバーデン・ワイラーで七月二日没した。七月九日、彼の遺骸をモスクワのニコーリスキイ駅で出迎えたゴーリキイは、生涯卑俗さと戦ってきた作家の遺骸が、扉の上に〝生かき用〟と大書された緑色の貨車で運ばれてきたのを見て憤慨する。「この貨車の汚らしい青いしみは、卑俗さが、疲れきった敵に与える勝ち誇った巨大な微笑にほかならぬように私には思えた。」(引用は『同時代人の思い出にあらわれたチェーホフ』より）葬列の途中から合流した作家の妹マリヤは、『兄チェーホフの思い出』に穏やかな調子でこの日の事を書いている——ノヴォジェーヴィチ寺院までの葬列はファンや学生たちによる人間の鎖に護られていたこと、墓地では群集による他家の十字架、墓碑などの破壊は免れ得なかったが、棺が墓に下ろされる時、何千という群集が「永遠に安かれ！……」と祈りの言葉を捧げたことなどである。

ここまでモスクワ芸術座をMXTで表現してきたが、同座が我が国で言い慣わされているMXAT（ムハト）になったのは、ソヴェート時代の一九二一年から、アカデミー劇場を名乗ることを許されてからである。一九三二年よりゴーリキイ名称となる。エンブレムや緞帳にはチェーホフの〝かもめ〟が翔んでいるのだが、当時の権力による改名だ。

ゴーリキイは一九〇五年の革命失敗後に国外に出て、一九一三年戻り執筆活動や文化運動に奔走、十月革命後もいろいろ文学者のための活動をしたが、政府の文化政策との軋轢と結核療養のため出国し、一九二一年から三三年の間までほとんどドイツとイタリアに居住した。彼がスターリンの要請により、祖国ロシアに戻ったのは一九三三年だった。そして彼の帰還に対して政府の手でいろいろの準備がなされた。芸術座の名称付与もその一つである。モスクワのメイン通りをはじめ、ニージニイ・ノヴゴロド市や、各地の街頭・機関がゴーリキイ名称に改められた。

モスクワ芸術座のレパートリイにも、三四年『エゴール・ブルイチョフとその他の人々』、三五年『敵』のゴーリキイ作二作品が用意されていた。

ゴーリキイは文化運動に尽くしたが、ソ連政府の狙いは作家たちを作家同盟に糾合するため彼を利用することにあった。かくて三四年第一回全ソ作家同盟大会が開かれ、ゴーリキイが初代名誉議長となり、議決で「社会主義リアリズム」路線が敷かれることになった。

ゴーリキイの活動とその文学的業績を貶める根拠はないが、彼がソ連政府、はっきり言えばスターリン体制の広告塔に押し上げられた一面は、歴史的に厳然としてある。チェーホフのもっとも嫌うところであるレッテル貼りを、ゴーリキイは免れていない。三五年息子マクシムを亡くしたゴーリキイは、傷心のうちにモスクワ郊外ゴールキの病院で一九三六年六月一八日没した。父子二人の死因にはいまだ疑念を持つ人がいる。

因みに、芸術座はペレストロイカ後の一九八七年に二つに分裂、オレグ・エフレーモフが芸術監督を務め一九八八年に来日した芸術座は、チェーホフ名称を獲得した。分裂した片方の芸術座は、いまだゴーリキイ名称を名乗っている。現在、エフレーモフの後継者、オレグ・タバコフの率いる劇団はチェーホフ名称ながらＭＸＴに戻っているが、付属演劇大学の方は「チェーホフ名称ＭＸＡＴ付属」と名乗っている。

一九九一年のソ連体制崩壊後に、ゴーリキイ通りはトヴェルスカヤ通りに、ゴーリキイ市はニージニイ・ノヴゴロド市に、その他の多くが昔の名に戻った。

（二〇〇八年一一月一七日）

（後記・チェーホフ、オリガ・クニッペル、ゴーリキイ、ブーニン、スタニスラフスキイ等の引用文には、池田健太郎、尾家順子、牧原純、松本忠司、山本香男里諸氏の訳を参照させていただいた。記して感謝もうしあげたい。）

ゴーリキイ『どん底』再読

I

マクシム・ゴーリキイの死から五〇年、ロシア・ソビエト文学の代表者の一人である彼の名は最近日本の、殊に若い層の読者に殆ど顧みられていないのは残念という他ない。新劇界でも余り聞かなくなったが、その中で『どん底』だけは一九一〇（明治四三）年の自由劇場上演以来レパートリイとして生き続け、毎年とは言わぬまでも各地で上演されて来た。(1)

この『どん底』の魅力はどこにあるのだろう。社会のどん底に生きる人びとの諸性格が活写されていること、どん底生活にも関わらず、或いはどん底にあるが故にか、登場人物たちの「自由」な論議が横溢していること、その氾濫する言葉の警句・洒落・アフォリズムに充ち満ちた面白さ、特定の主人公や事件よりも諸性格のからみあいの中にどん底の生活と人間を浮かびあがらせる、いわばポリフォニー的作劇法の巧みさ、二人の中心的な人物ルカーとサーチン像の魅力等が挙げられるであろう。

『どん底』が書かれ上演された一九〇〇年代の初頭のロシアでは飢饉と経済恐慌のため飢餓線上をさ迷う者三千万人、都市には失業者や浮浪者が溢れ、一九〇一年ニージニイ・ノヴゴロドの町だけでも四千人の浮浪者がいたと言う。こういう社会状況の中で、自らの体験と見聞を活かしてゴーリキイは〈浮浪者《ボシャーク》〉たちを主人公として初めて舞台に登場させ、当時の人びとに驚きと共に衝撃を与えた。『どん底』はまさにその時代を映す作品だった。

然し八十有余年を経た現在、地球上には依然として飢餓も経済危機も現存するし、日常生活に自由な論議が行われているとは到底言えない。この題材は驚くほど古びていない。舞台上の人物たちの思弁的人生談義が、ある意味で「言葉の死んでいる」現代社会にいっそ新鮮な位である。

ここに登場する人物たちは様々な過去と性格を持っており、それぞれが一編の物語の主人公たり得る資格をもっている。この人びとの特徴といえば、木賃宿の主人夫婦とその叔父に当たる巡査を除けば、すべて一切を失い、身一つで暮す〈裸かの人びと〉である。運命に蹴落されてここに押しやられた彼等は、せめてこの宿で存在し、自分の人間を感じることが出来る。けれど現実と妥協する術を失った彼等は、或いは過去の中に身を隠し、それを多彩に塗り飾るか、〈約束の地〉についての幸福なお話に耽るか、普通の人びとの言葉に「飽き飽きした」ために用もない場違いな言葉を撒き散らすかしている。これらの行動は決して外界に風穴を開けることの出来ない、自己偽満以外の何ものでもないのだが。

然し一方自己の階層から引き離された彼等は、同時に社会の偏見からも解放され、自分の過去よりも高みに立って自分を省みる可能性を与えられている。彼等に共通な第二の特徴――日常会話の思弁偏重がでてくる。彼等の多くは社会復帰への展望も目標もないままに、自他共に一切の強制を受付けない、ただなるがままの毎日に身を委ねているが、同時に既存秩序に対する痛烈な批判――リアルではあるが、時にデスペレートなアナーキイな批判を言い放つ「自由」を持っている。

木賃宿の主《ぬし》的存在、帽子作りのブーブノフと、いかさま賭博師のサーチンがたえず放つ言葉が皮肉ともなり、アフォリズムともなって住人達の会話にはずみをつける。例えば若い泥棒ペーペルも先輩たちに立ち交じると、立派に警句を放つようになる。

「恥だの良心なんてものが要るのは、金持や、力のあるやつだけよ……」

この宿に話好き、詮索好きなルカー老人がまぎれこんで来たから、『どん底』一編はまさに豊かな地口、警句、アフォリズムの氾濫となったのである。以下の文章にも多く引用する筈だから、ここではそれぞれの性格に合った一句ずつを挙げるに止めておこう。

ブーブノフ「人間の一生というものは……川を流れる鉋屑みてえなもんよ……家が建つ片端から……鉋屑は流れちまう」

サーチン「何もするな！　ただ地球におぶさってろ！」

Ⅱ

ゴーリキイのこの戯曲は初め検閲局によってずたずたに刻まれた。検閲官の恣意的な何の意味もないような削除もあるが、権力の神経を逆撫でするような秩序批判の数々が痛烈な警句、アフォリズムとなって散らばっており、当局も戯曲を切り刻むことによって『どん底』の失敗をもくろんだであろう。現在残された資料からその大量の箇所を見ることができる。(2) モスクワ芸術座のネミローヴィチ＝ダンチェンコは初演を損わないために、両三度検閲局に足を運んで、粘り強く交渉したと言う。今日初演の日の台本が存在しないためにどの程度取り戻し得たかを知ることはできない。然し検閲の削除・変更を求めた箇所は戯曲の本質に関わる部分を多く含み、当時の権力と切り結ぶゴーリキイの闘いの跡とも思えるので、主なものを拾い出してみよう。

⑴メドヴェージェフの巡査という職業が、いきなり登場人物表から消される。従ってメドヴェージェフが下っ端巡査よろしく、愚痴をこぼしたり、屁理窟をこねたり、呼笛を取られて慌てる場面が削られる。

「……当節は諸事万端、厳格な法律と秩序が布かれている！　誰だって、むやみに人を殴ってはならんのだ……秩序のためとなりゃ、殴ることもあるがな」も。

⑵男爵の前身に関わるもの。それについてのペーペルの痛烈なせりふ「おめえは御前《ごぜん》さまだ……昔はそれでも、おれたちの仲間を人間と思わなかった時代もあるんだ……／だから今度はお前さんに、犬の鳴真似をさせようってんだ」

男爵がナースチャのひも的存在である言葉「さもないと、飲代にさわるからな。」ついでナースチャの架空の恋人の話で「学生だった」が削られ、この話を聞いていたナターシャの「学生さんって向う見ずと言うけど、ほんとらしいわね」も。

⑶信仰・教会に関わる部分。

クレーシチに宿賃のことで厭味を言ったコストゥイリョフが、値上げ分で「(燈明油を買おう) そのお供えがおれの罪滅ぼしにもなりゃ、お前さんのためにもなろうってもんだ」と言うせりふ。

ルカーがアンナに話すあの世の話。「何の苦しみもない。」それを聞いてペーペルが聞く。「いいか、じじい、神様ってもの、あるのか?」(ルカー、微笑しながら無言)

「さあ、どうだ、あるのか? 言ってみな……」

ルカー「(小声で) 信じれば――ある。信じなければ――ない……あると信じれば、きっとある……」

この息づまる問答も槍玉に挙げられた。

アンナの死の枕許でのだったん、ゾープ、ブーブノフたちの会話。「死んだ者に何と言ったたって、どうにもならねえ」他。

ルカーの「わしらに死人を可哀想に思う暇があるかね? 生きている人さえ可哀想に思わない人に」

ルカーが出立前に言う「新しい宗教」や「隠遁宗」の言葉。

(4)役者の朗唱するベランジェの詩全て。

この戯曲のシンボル的な「牢屋の歌」全て。

(5)痛烈な現実批判の数々。

クレーシチの訴え。「真実たぁ、何だ? どこに真実がある? (まとっていたボロをひきむしり)

これが真実だ！　仕事はねえ……力はねえ！　これが真実だ！」から「生きようにも、畜生、生きられねえや、これが真実てもんよ！……」まで。

役者のせりふ「名前がなけりゃ――人間がねえんだ」「この女も名前をなくしちまった」

ルカー「叔父さんを呼ぶかい？　呼ぶならお呼び……ほうびをもらえるよ……三コペイカほどな」

サーチン「おめえがたとえ、犬畜生に劣った暮しをしたところで、世間さまは恥じ入りもしめえ」

ペーペル「おれはこれまで、世間にゃおれよかもっと余計泥棒している癖に、澄ましこんで暮してるやつらがいると思って、気をまぎらわして来たが……」

ルカーがシベリヤで二人の泥棒と暮した話の中、「二人ともいい百姓だった」と「脱走人さ……流刑地から逃げ出したんだ」「監獄はいいことを教えない。シベリアだって同じこと……だが人間は教えてくれる」の部分。

Ⅲ

ゴーリキイ的宣言。サーチンのモノローグ。

「人足の手を挫いた重荷を、正しいと言いくるめる嘘もありゃ……飢え死にして行く人間を罪人にする嘘もある……／嘘は――奴隷と主人の宗教だ……真実――これが自由な人間の神なんだ！」

モスクワ芸術座の初演（一九〇二年一二月一八日）は作者はもとより、誰にとっても思いがけない大成功であった。チェーホフやイプセンの劇に馴れた芸術座が、がらりと変ったゴーリキイの「ロマンチシズム」の世界を現出し、聴衆を酔わせた。第一幕の後で早くもゴーリキイは舞台に六回も呼び出され、後の幕も同様で、この日計十五回以上呼び出され、最後には作者一人舞台に立ちつくす程だった。ジャーナリズムも直ちに好意的な評を載せた。然し程なく（一二月二五日）ゴーリキイは友人で〈ズナーニエ〉出版のピャートニツキイに宛てて書いている。

「観客も批評家も褒める。しかし正しく理解してくれない。褒めることは褒めるが、理解しようとしない……目下私は思案中です。誰の故だろう。ルカーを演じたモスクヴィンが巧すぎるのか、それとも作者が拙いのか。私はあまり愉快じゃない」

ピャートニツキイは一九二七年この書簡が発表された時に、作者の次の言葉を注釈として引用した。「ルカーはペテン師だ。彼は自分自身では何も信じていない。しかし彼は人びとが苦しみ夢を求めている事を見、この人びとを憐れんだ。人びとを慰めるために、彼は様々な言葉を語るのだ」

作者の困惑、戸迷いは何に由来するのだろう。実際舞台上の上演と作品との間、更に観客による受容との間には、常に距離ないし齟齬はあるものである。例え作者自ら演出した場合にも、作品の意図した通りにならぬ例を我々は知っている。『どん底』の場合、作品の評判は高く上演は繰返され、また魅力ある老人像を創りだした俳優モスクヴィンの才能には疑いはなかった。それだけに観客や批評家に誤って受取られたルカー像、ひいては歪められた作品解釈に、作者自身戦いを強いられた。

一九〇三年ペテルブルグ新聞のインタビューにゴーリキイは答えて言う。「戯曲にはルカーの言った事に対置するものがありません。私が提出したかった肝心な問題は、真実か同情か、どちらがいいかと言う事です。どちらが必要か、ルカーのように嘘をついてまで同情する必要があるか。これは主観的問題ではなく、一般哲学的問題です。ルカーは同情と嘘さえも救済の手段として使った、しかしルカーの説教に対抗する真実の代理人はこの戯曲の中にいません」

ルカーの論難者サーチンについては、既に戯曲を書き終えた頃、ピャートニツキイに宛てた手紙（一九〇二年七月一四または一五日）に書いている。「真実の人間に関するサーチンのせりふは蒼ざめている。しかしサーチンの他にこれを語る者がない。そしてもっとすばらしく、もっと鮮明に語ることは、彼にはできない」

一九三〇年代に入るとゴーリキイの『どん底』評価は一層辛くなる。「あれは誤解されています。古くさい……あれを上演するのは有害でさえある」

初演の頃、ルカーを〈救済の使徒〉とし、作者ゴーリキイをさえ『どん底』執筆がその戦闘姿勢を柔らげた証左とする勝手な論まで現われたから、ゴーリキイが上述のような発言や注釈をすることは必要であったろう。

ところがその後、ゴーリキイのこれらの発言を拠り所として、反ってルカーを〈職業的慰安者〉として全面的に否定する論も広く行われた。またその論拠の一つとして、作中でルカーに救済の手をさしのべられた筈のアンナも、ペーペルとナターシャの若い二人も、役者もすべて不幸な結末を迎えたことが挙げられている。(3) 然しこの不幸な結末を専らルカーの〈慰めの嘘〉の故にするのは一面的過ぎる。

「人びとの運命に関与するルカーの行動はまぎれもなく彼の善意から、人間愛から発したものであった」、ただその善意と人間愛が不幸な人びとへの一時的な慰めとなり、反って現実を直視し、現実に喰いこむ契機を失わせることになった。そのルカーの教義の本質暴露が作者のねらいであったとして、ルカーの二面的性格の中でも、まず善良さにスポットを向けようという論もある。(4)

Ⅳ

ゴーリキイの同時代人で先輩に当る二人の作家の『どん底』評を引用しておくのも無駄ではないだろう。

ゴーリキイに戯曲を書かせるため「お書きなさい、お書きなさい、お書きなさい」という呼びかけを含む手紙を書き（一九〇〇年七月七日と九月八日）、ヤルタに呼んで芸術座と知己にさせ、処女作『小市民』を舞台に登場させる機縁を作ったチェーホフはどうか。

ゴーリキイは『どん底』を書きあげて、二部作った原稿の一部はピャートニツキイへ、もう一部はチェーホフに送ったのだった。

チェーホフは早速読後感を書き送っている。「……戯曲を拝読しました。新しい、疑いもなく立派な戯曲です。第二幕がすばらしい……特に幕切れを読んでいて、満足の余り跳び上ろうとした程です……／第四幕から、あなたは一番興味のある人物たち（役者を除いて）を連れ去ってしまった。……この幕は退屈な、不必要なものに見えるかも知れない。とりわけ力のある、面白い俳優たちが退場して、中位の俳優だけが残った場合には。役者の死はひどい。わけもなく観客の横面をひっぱたくみたいです……」（一九〇二年七月二九日）(5)

チェーホフが第四幕でルカーにとって代るサーチンに注目しなかったことは明らかだ。サーチンの〈人間讃歌〉はあの人物にしては唐突過ぎる。チェーホフはあんな書き方はしまい。勿論ゴーリキイがゴーリキイ的な主題を展開するのを認めた上での、これもチェーホフらしい批評のしかたであろうか。

ゴーリキイはレフ・トルストイには自ら読んで聞いて貰った。後に回想に書いている。

——彼は注意深く最後までそれを聴いていたが、やがてたずねた。

「なぜきみはそれを書くのです」

私は能う限り説明した。

「きみのものには到る処に、すべてのものに突っかかっていく雄鶏の跳躍が目につく。それからまた——きみは、どの溝も裂目も、みんな自分の絵具で塗りたくろうとする〈……〉塗りたくらない方がいい。でないと、あとできみのためにならない。それから言葉が非常に達者で、手品を使ってあるのは、よくない。もっと素朴に書かなければならない。民衆は素朴に、脈絡がないようでも気持よく話すものだ……」

彼は不満らしく言った。明らかに、私の読んだものはひどく彼の気に入らなかったのだ。

ちょっと黙って〈……〉浮かぬ調子で言った。

「きみの老人には親しみがもてない。彼の善良さは——信じられぬ。役者は、まあいい。結構だ。〈……〉売笑婦もうまく書けた。あんな女たちがいるにちがいない」(6)——

これで見るとルカーはレフ・トルストイの反撥を受けている。殊に「善良さ」は疑いを持たれている。

ついでに言葉と表現についての批評は、トルストイらしい。ゴーリキイはトルストイの民衆とは別の世界の人間を描いている。例えばブーブノフにはモデルの上に或るインテリゲンチャの面影を加味する等。とは言え「跳ねまわっている」言葉は、ゴーリキイ作品の中でも特に『どん底』に目立つ。

V

『どん底』再読に当って、作品の構成や表現、諸性格のつくり方など論ずべき事は多いが、ここでは枚数も限られているのでルカーの形象に限ってみたい。例えば上演のコンテキストではルカーの解釈は最優先すべきものであり、これまで述べたように諸説があるが未だ汲み尽くされぬものがあるかも知れないからである。

木賃宿にふらりと入って来たルカーは、忽ち住人たちの注目を惹く。「わしは詐欺師でも尊敬するよ。どんな蚤でも、蚤は蚤。みんな黒くて跳ねるもんだ……／あっちへと言われりゃ、あっちへ行くさ……年寄りには、暖いところが故郷だ」へらへらと口をききながら、あっという間に住人たちの中に入りこんでしまう。当りの柔らかさと、身についた処世術と言おうか。ルカーの特性の第一はこれである。

ルカーという名はロシア語の〈ルカーヴイ〉(狡猾な)から来ていると考えられるとすれば、この老人は当りの柔らかさの内に骨を秘めている。「さんざ世間で揉まれたから、それで柔らかくなったんだよ……」(かすれたような声で笑う)のト書きに注意したい。

男爵に向って「書き付けなんて、みんなそうだ……みんな役に立たんよ」と言い、「おめえも相当の悪だな」に「人は見かけによらないものだよ、お前さん」と切り返している。

ルカーは確かに親切で、よく気がついて、こまめに面倒を見る。例えば凍えているアンナを家の中へ入れてやる等。

然し彼は手助けのいる者にだけでなく、殆どすべての人びとを観察し、知りたがり、人びとに問いかける。

「お前さん、ほんとに男爵だったのかい?/わしは伯爵も見たことがあるし、公爵も見たが……男爵にお目にかかるのは初めてだ、然もこんな落ちぶれたのにはな……」

サーチンやブーブノフからも何時の間にか過去を聞き出す。

サーチン「おめえも物好きだなあ、え、じいさん! 何でも聞きたがるが、どうするつもりだ?」/ルカー「人間のことが分かりたいからさ……/ほほう、何だって(監獄に)喰らいこんだんだね?」

ルカーが巡礼であること、にせ巡礼であるかどうかはともかくとして、さすらい人であることは見逃せない特徴だ。

「通りすがりの……旅の者さ。／（滞在するかどうか）様子を見てからだね」「何でも新しい宗教が起ったという事だ。ちょっと見て来ようと思ってな」

巡査メドヴェージェフに「この世の中の全部が全部、お前さんの管轄じゃないということだ……他にもまだ、ちょっぴり残っているということよ」と言う。

ルカーはちょっぴりどころか、他の世界を知っているし、この宿に腰を落着けるつもりはない。彼と話を交わすことで、住人たちの殆どの過去が明らかになっていくのに、ルカーの過去は闇の中だ。「髪の毛の数程女を」見て来たなどとは言うが、一切謎のままにして立去ってしまう。ルカー像の輪郭がぼやける一つの要素である。

ルカーの親切は、言葉に始まり言葉に終る。もっとていねいに言えば、ルカーの慰めとは、人びとの求める言葉を嘘であろうと夢であろうと囁きかけ、語りかけ、教え唆かし、それ以上には手を出さない事である。

「人の身にもなってごらん……だいじな事は、何をしゃべるかという事でなく、何故しゃべるかという事なんだよ！」

ルカーはアンナにはあの世に何の苦しみもないという話をして、今の苦しみを耐えるように言う。

もうお終いだ、という役者には、アルコール依存症を癒してくれる病院があると言い、「新しい生活」を始めよと推める。「人はやろうと思えば、何だってできる」と励ますものの、肝心の第一歩の病院の所在は教えない。

ペーペルには黄金の国、シベリアの話をする。「力と知恵のある者なら、あそこでは温室の中の胡爪だ――ぐんぐん育つよ！」

ナースチャには「怒りなさんな！　わしが知ってる……このわしが信じている！……お前さんが、ほんとの恋があったと信じてるからには……つまりあった事なんだよ！」

ペーペルがコストゥイリョーフに殴りかかろうとする瞬間を二度救う（第二幕と第三幕）が、これは物音を立てるか、言葉をかけて立去らせるかであって、この直後に木賃宿夫婦がナターシャを折檻して騒ぎがもちあがると、止宿人たち（サーチンだけではない、ブーブノフ、ゾープその他も）は割って入るが、ルカーはそっと姿を消す。勿論この日、ルカーは人びとに出立を告げてはいたが、明らかに急ぐ旅ではない筈だ。然し事への介入は、証人になる事を含めて、ルカーの行動のタイプではない。この意味で、ルカーは冷静な傍観者という一面を持つと指摘しておきたい。止宿人たちの誰よりもよく事態の推移を見透せるルカーは、こんな場面に当っては手を引いてしまう。ペーペルとの会話にこんなのがあった。

ペーペル「どいつが善人で、どいつが悪人なんだ？」

ルカー「そんなこと、どうでもいいじゃないか？　人間はどうにでも暮せるよ……気が向き次第で、ああも暮し、こうも暮すのさ……今日は善人、明日は悪人というわけさ……」

ルカーの親切は、相手の気づいていない事や秘かな思いや願いをひき出してやる事、隠しても露われる現実を眼前に見せてやる事などで、それ以上には手を貸さない。その際にいつも口にするのがルカー独特の人生哲学である。現実に対する処方は示さないが、一時凌ぎの魂への安らぎだけは与える。ルカー自身がそうして生きのびて来たのだろう。奇妙な数々の人生哲学は慰めと対《つい》になって現われる。

「どうしてそんなに真実を欲しがるんだね……真実というものは、ひょっとしたらお前さんを滅ぼしてしまうかも知れないよ……」そこでペーペルが切り込む。

「じいさん、神様ってものあるのか?」ルカーのためらいの中に、ブーブノフの「人生——鉋屑」のアフォリズムが流れる。

「信じれば——ある。信じなければ——ない……あると信じれば、きっとある」

ここでペーペルは始めて聞く言葉に、無言でルカーをまじまじと見つめる。ペーペルの胸に驚きと疑問の渦が湧く。

「なる程……待てよ! すると……/じゃお前は……てっきり……」

作者はここでワシリーサを登場させて、ペーペルとルカーの会話を打切ってしまうのだが。

止宿人たちのルカー評は、初めのうち大きく二つに分かれる。

第一幕の男爵「なかなかの悪だなあ」から第二幕のペーペル「おめえなかなか大したもんだ! 嘘をつくのもうまいし……その作り話もなかなか面白えや! /じいさん、おめえ何だって、そう嘘ばっかり吐くんだ?」第三幕のブーブノフ「例えば、あのルカーよ……やたらと嘘をつきやがる……自分の得にもならんのによ……いい年をしやがって……何で嘘をつく必要があるんだ」までの系列。

もう一つは、アンナ「こうしてお前さんを見ていると……父親にそっくりだねえ、あたしのお父っつあんに……優しくて……もの柔らかなところが。」第三幕のナターシャ「親切ねえ、おじいさんは……どうしてそう親切なの？」の系列のルカー評である。

一見相反するように見えて、このルカー評は補完しあってこそ現実のルカーの姿に迫るものになるだろう。

「親切ねえ」というナターシャに答えて、ルカーは〈親切〉について話をする。「とにかく誰か親切な者がなくちゃいけない……／わしが言いたいのは、これぞと思う時に人を憐れんでやることだ」。その例としてシベリアで二人の脱走者をかくまった話をし「(監獄も流刑も教えないが) 人間はいいことを教えてやれるもんだよ」と締めくくる。

「だが、おれは嘘がつけねえ」とブーブノフが言い出す。ルカーの慰めの親切と嘘とがブーブノフの目にも一体なのだ。ブーブノフにとっての真実とは「何でもいい、ありのままの真実を、そのままぶちまけろ」である。

この真実という言葉に触発されて、クレーシチまで声を挙げる。どん底脱出を夢みて働きながら、この世界に馴染めなかったこの錠前屋は、妻の死後、働く手段も奪われて、ここに留まる他はなくなったのである。仕事も、力も、身の置き所もない――これが真実だ、と叫ぶ。

クレーシチの真実には、さすがのルカーも言葉がない。「まあ、お聞き」と言い出す間もなく、クレーシチは「やい、じじい、おめえは皆を慰めてやるが……おれは言うぜ……おれは誰もかも憎い。真実ってやつまで憎い……糞くらえ」と走り去る。ルカーはブーブノフの真実については、抗弁して「真実というものは、いつも人間に利く訳じゃない／それで魂が癒えるとは限らない」と言う。

ブーブノフの真実は現状肯定以外の何ものでもないし、ルカーの慰めの嘘も決して現状を切り開く〈真実〉になり得ない。ナターシャとペーペルの悲劇を眼前にしながら、ルカーが立去るのは当然かも知れない。

去る前にルカーは人間についての言葉を二つ、三つ残している。

「人間というものは、何時も求めている、探している、もっといいものをと」「普通の人間もいるが、別の人間もいる」（後者はコストゥイリョフへの皮肉も含む）。

更に四幕でサーチンが紹介する「人間は皆もっと優れた者のために生きている」というルカーの言葉もある。これらの言葉の言外のニュアンスとして、ルカーの傍観者的なさすらい人的な人間観が感じられる。ルカーが人にかける憐れみは、誰よりもよく事態を察知できる者としての教え訓しで、共に悩み苦しむ者のそれではない。

ルカーが去った後、男爵を除きクレーシチやだったんでさえも「思いやりがあった」「いい人……心に掟をもっていた」と好意をもって、ルカーの事を思い出す。つまりサーチンの表現に従えば「老いぼれイースト菌」が皆を「発酵」させたのである。だからこそ作者はサーチンの口を借りてルカー評を、もっと大きな真実論、人間論を展開することになる。曰く、嘘が必要なのは「気の弱い者や……人の汁を吸って生きてるやつ」で、「独立独歩の……人に頼りもしなきゃ、他人を食い物にもしねえ人間には、嘘が何の役に立つ？　嘘は——奴隷と主人の宗教だ……真実—

――これが自由な人間の神だ！」

「人間――これが真実だ！　／このなかに一切の初めと終りがあるんだ……一切が人間のためにある！　／人間は尊敬しなきゃいけねえ！　憐れんじゃいけねえ」

VI

ルカーの性格を要約してみよう。

この老人は当りが柔らかく、人びとの中に容易に入りこむ処世術を持っている。人びとに心を開かせ、ものを言わせる術も。

特に不幸な者、手助けの要る人には慰めや忠告を与える。然し行為は言葉にとどまり、身の危険を冒すことはない。

親切ではあるが、傍観者である。言い換えると、善良でもあるが、狡猾な冷ややかさも合わせ持つ。

「信じれば――ある。信じなければ――ない」は神についての言葉だが、人間に対しても同じ、一般的に人間の力を信じていない。隠しても現われる現実に人びとの目を開かせることもあるが、一時的な魂の安らぎのためには真実を隠し、嘘や夢を方便として用いる。

何よりもさすらい人である。旅券は持たず、その過去を明かさない。

ルカーは戯曲構成上でも通過して行く人間である。人びとに彼が近づいていく時、恰もスポット照明があてられたように相手の持つドラマの切口が現われる。どん底の住人はそれぞれに過去を持ち、様々な問題を抱えているが、ルカーの接近で多かれ少なかれそれが露わにされる。思わぬ運命の転変に見舞われたペーペルやクレーシチから、相も変らぬ生活を続けるナースチャや男爵まで、それぞれの人生を振返って「一体何のために生きているのか」と問うことになる。

様々に異なる人生のドラマの諸旋律が響きあい、呼応しあい、総体としての〈どん底〉の世界がつくりあげられる。その要《かなめ》にいるのがルカーである。人びとを照明の輪の中に誘うものの、彼の背は闇に隠れているのだが。

幕の下りる遥か前に彼は姿を消す。しかし人びとの中に強い印象を残していく。サーチンがとって代り〈人間讃歌〉の提示によって、ルカーの教義に断罪を下すものの、彼の去った後の穴は未だ埋らない。それかあらぬか、人びとの楽しみの歌は役者の死の知らせで中断される。ルカーとのたたかいは尚幕の後に残されるのである。

善良さと、その裏腹の冷やかさと、複雑な性格はそのままにルカーを演ずるしかあるまい、人びととの関係をより精密に捉えつつ。

一九〇五年の第一次革命より前の、検閲下での執筆であり「ルカーに対置するものがない」などの作者の不満を理解できなくもない。然し『どん底』一編はむしろその時代の混沌を映していて興味深い作品、前にも書いたように不透明な現代にも通じる世界である。

以下は余談だが、本稿執筆中にソビエトの演出家アナトーリイ・エーフロスが亡くなった。前演出家リュビーモフを継いだ後のタガンカ劇場で上演したのが、『どん底』（一九八四年）であった。

煉瓦壁のがらんとした大きい裸か舞台をそのまま木賃宿として、ルカーは私の印象では全く「影の人」として出された。或いは煉瓦壁の窓から、或いは巨大な板寝床の二階から、ルカーは住人たちに遥かな距離から話しかける。それはモノローグのようであり、人びとは限りなく、それぞれに孤独であり、ルカーは醒めていた。老人でなかった。作品を現代に活かす上演のコンセプトにはいろいろあっていい筈だが、始めて見るルカー像であった。

レニングラードのトフストノーゴフもボリショイ・ドラマ劇場で『どん底』を用意している。どんな上演になるか、楽しみである。

（一九八七年一月二四日）

〔文献〕

M. Горький: Полное собрание сочинений. “Наука” М. 1968―1978.

『どん底』の訳本として、松本忠司氏訳（京浜共同劇団上演台本）を大いに参考にさせて頂いた。記して感謝の意としたい。

〔注〕

（1）最近一〇年間の日本での主なゴーリキイ劇上演は、俳優座『どん底』（一九七五）東演『どん底』（一九七七、一九八〇）　ホリホック・アカデミー『どん底』（一九七九）　新劇団協議会『どん底』（一九八五）　俳優座『別荘の人びと』（一九八五）

尚、ソビエトではゴーリキイ戯曲の殆ど全てが現在各地で上演中。一九八四年ロシア共和国のゴーリキイ劇フェスティバルが行われ、約五〇の劇団が参加した。次回は五年後とのこと。『どん底』上演については本稿Ⅵを参照されたい。

（2） М. Горький: Пол. соб. соч. Том7, М. 1970, сс. 606–610　検閲の削除又は変更の手が入った台本はゴーリキイのアルヒーフに残されており、通し番号六、七、九、一〇、一一、一四、一六の入った七冊で、それぞれに検閲の手が入った箇所が異なる。どれが初演で復活したか不明なので、本稿ではその区別をしていない。

（3） ソビエトでは勿論日本でも枚挙に暇がない程この論は広く行われている。中島とみこ氏『ゴーリキイ戯曲集Ⅲ』（一九七七、早稲田大学出版部）解説も、この論をとっている。

（4） 例えば松本忠司氏「『どん底』についての走りがき的覚書」（小樽商科大学「人文研究」第五二輯、一九七六年）

（5） А П. Чехов: Полное собрание сочинений и писем. Письма. Том 11, М. 1982, с. 12

（6） М. Горький: Пол. соб. соч. Т. 16, М. 1973, сс. 279–280

あとがき

チェーホフ生誕一五〇周年の記念年に思い立って、〝チェーホフその人〟の愛について考え始め、本書は実現した……いささか記念年には遅れたが、彼について読むのに早い、遅いはないと思うので、興がむけばページを繰っていただきたい。

さて第二部以下の各文章については、論文・エッセイをこき混ぜて、スタイルも文体も違えば、参考資料の扱いも濃淡さまざまで、一括りするには粗雑、お見苦しい限りだが、書き直すには時間が足りない。こうなったのは、一に著者の責任だが、個人的な事情も披露して、お許しを乞いたいと思う。

『「どん底」再読』を書いた一九八七年からチェーホフについて書き始める二〇〇六年までの約二〇年間、実は論文を書くのを怠っていた訳ではない。一九八四年に始まるロシア作家同盟の招待を機に、生きて動いている現代ロシアの舞台に魅せられ、関心も現代ロシアの劇作家たちに移り、毎年の訪ソと定期的なレポート執筆にも追われる日々だった。その上、拙訳の日本舞台上での上演も相次いだ。上演作品はソヴェート演劇の高い峰、M・ブルガーコフやA・ヴァンピーロフのほか、L・トルストイ、F・ドストエフスキイや、ユダヤ人作家ショロム・アレイヘムの作品にまで及んだ。そのレポートの一部は拙著『わが愛のロシア演劇』（二〇〇二年、影書房刊）に反映されている。

『三人姉妹』について」は我ながら破格の文章である。劇作家ペトロシェーフスカヤに触れて書き始めながら、やはりチェーホフに戻り、おまけに日本における脚色作品にまで及ぶ。実はあの後、ペトロシェーフスカヤについては日本における普及の難しさもあって、彼女の仕事についての関心を私自身失った。けれどユニークな彼女の「チェーホフ論」は紹介したくて、敢えて掲載稿に入れた。

さて参考資料については、各文章中または末尾に記載されているが、何といっても原典はチェーホフその人の著書、一九七四—一九八三年に発行されたアカデミー版チェーホフ全集三〇巻である。（А. П. ЧЕХОВ : ПОЛНОЕ СОБРАНИЕ СОЧИНЕНИЙ И ПИСЕМ В ТРИДЦАТИ ТОМОХ. Москва, 1974–1983）

殊に今回、作家の生きた足跡を辿るため繰り返しページを繰ったのは、書簡集一二巻であった。もう一つ、これなくしては第一部の諸文章が叶わなかった一冊に『同時代人の回想におけるA・P・チェーホフ』（モスクワ、一九八六年、七三五ページ）がある。同書の初版は一九四七年、改訂に改訂を重ねて、今日の充実した回想録になっている。その他の参考資料については省かせて頂く。

自分のささやかな研究者生活を支えて下さったのは、ロシア・ソヴェート文学研究会のメンバー、「むうざ」同人の皆さんや、読者の皆さん。ロシアや日本での演劇を愛する皆さんの支持や援助なくして、今日の私がないことはいうまでもないことだ。

終わりに、この書が陽の目を見たのは一に影書房の松本昌次氏ほかの皆さんのお蔭である。拙い文章を丹念に読んでいただき、厄介な挿入写真の注文にも応えていただき、感謝の言葉もない。

「まえがき」にも書いたが、チェーホフがますます日本で読まれることを願いつつ……

二〇一一年二月吉日

桜井郁子

初出一覧

チェーホフを読む楽しさ――『ワーニャおじさん』の場合
…………“RUSSIAN REPORT” Vol.6 日露演劇会議二〇一〇年三月一四日

『桜の園』のロパーヒンについて
…………「むうざ」（ロシア・ソヴェート文学研究会発行、「研究と資料」誌）25号（二〇〇七年九月）

チェーホフ作『桜の園』再読――いわゆる〝チェーホフのヴォードヴィル〟を鍵として――
…………「むうざ」27号（二〇一一年予定）

チェーホフ『三人姉妹』について――ロシアの舞台や日本における関連作についても――
…………「むうざ」24号（二〇〇六年四月）

『どん底』MXT初演のころ――チェーホフとゴーリキイ――
…………「むうざ」26号（二〇〇九年八月）

ゴーリキイ『どん底』再読
…………「むうざ」5号（一九八七年五月）

「I」および「幕間」は二〇一〇年書き下ろし。

ロシアとの関わり（略年譜）

一九六六年夏、初めて東西ヨーロッパ旅行の途次にソヴェート連邦を訪れてから、ペレストロイカ、連邦崩壊の変遷を眼のあたりにしつつ、ロシア演劇界を見つめ続けて四〇有余年、長期には一年近くモスクワに滞在したのを含めてロシア訪問は四四回になる。

ロシア演劇に惹かれ、研究者の端くれとして研究会や学会での報告も幾度かした。またロシア演劇情報について「朝日新聞」や、雑誌「テアトロ」、「悲劇喜劇」などに折々寄稿、一九八九年から季刊雑誌「演劇会議」（全日本リアリズム演劇会議発行）にレポートを連載した。

ソヴェート作家同盟に研究のため招待された事、数度に及び、モスクワ、レニングラード、ヤルタに滞在、この他「第一回国際スタニスラフスキイ・シンポジウム」（一九八九年）、「第一回国際チェーホフ会議」（一九九〇年）、「第一回トフストノーゴフ記念会議」（一九九一年）にも招待を受け、日本における現状を報告した。またペテルブルグとオデッサにて開催された「第三回国際プーシキン会議」（一九九五年）に出席、報告をした。オムスクでの「日露演劇交流推進会議」の第一回シンポジウム（二〇〇〇年）にも参加した。

著書：『わが愛のロシア演劇』二〇〇二年、影書房、三〇九ページ。

訳書：『ある馬の物語』（レフ・トルストイ作『ホルストメール』、および同作品のマルク・ロゾーフスキイによる脚色戯曲併載）一九八三年、せせらぎ書房、一五一ページ。

『天使と二十分』（アレクサンドル・ヴァムピーロフ作戯曲・短編小説集、桜井郁子編集・訳）一九八三年、夏の書房、四〇三ページ。

台本『罪と罰』原作F・ドストエフスキイ、カリャーギン、リュビモフ脚色。せせらぎ出版、二〇〇七年。

『妹』（小説）E・レーベジェフ作。せせらぎ出版、二〇〇八年。

桜井郁子訳による上演略史

『ある馬の物語』（レフ・トルストイ原作、マルク・ロゾーフスキイ脚色、桜井訳）一九七八年　「青年座」篠崎光正演出、一九八四年「仙台小劇場」石垣政裕演出、一九八五年「京浜協同劇団」細田寿郎演出、一九八七年「劇団京芸」藤沢薫演出（上演題名『ホルストメール』一九九〇年まで四〇〇回上演）、桐朋学園卒業公演ほか三、四の劇団でも上演。

『田舎街のアネクドート』（アレクサンドル・ヴァムピーロフ作、桜井訳）一九八三年「関西芸術座」上利雄三演出。

『上の息子』（A・ヴァムピーロフ作、桜井訳）一九八四年「NLT」原田俊雄演出、一九八六年　京都「人間座」田畑実演出、一九九一年　文学座（上演題名『息子です　こんにちは』）鵜山仁演出、一九九三年再演。二〇〇六年　「ピッコロ劇団」島守辰明演出。

『蠅の王』（W・ゴールディング作、レフ・ドージン脚色、桜井訳）一九八八年「青年座」高木達演出。一九九四年「劇団京芸」藤沢薫演出。

『犬の心臓』（ミハイル・ブルガーコフ作、A・チェルピンスキイ脚色、桜井訳）一九八九年「シアター2＋1」高木達演出。

『巨匠とマルガリータ』（M・ブルガーコフ作、M・ローシチン脚色、桜井訳）一九九一年　劇団「クロニクル」高木達演出。

『プーシキン――最後の日々』（M・ブルガーコフ作、桜井訳）一九九二年　劇団「クロニクル」高木達演出。

『運命の皮肉、またはよいお風呂でしょ』（E・ブラギンスキイ、E・リャザーノフ作、桜井訳）一九九〇年劇団「NLT」川端槇二演出。

『牛乳屋テヴィエ物語』（ショロム・アレイヘム原作、グリゴーリイ・ゴーリン脚色、桜井訳）一九九八年「文学座」鵜山仁演出。二〇〇七年　「双の会」高橋耕次郎脚色、菊池一耕演出。

『罪と罰』（F・ドストエフスキイ原作、桜井訳）二〇〇六年　「俳優座」袋正演出。

チェーホフ、チェーホフ！

二〇一一年三月二五日　初版第一刷

著　者　桜井《さくらい》　郁子《いくこ》

発行所　株式会社　影書房
発行者　松本　昌次
〒114-0015　東京都北区中里三―四―五
ヒルサイドハウス一〇一
電　話　〇三（五九〇七）六七五五
ＦＡＸ　〇三（五九〇七）六七五六
E-mail=kageshobo@ac.auone-net.jp
URL=http://www.kageshobo.co.jp/
〒振替　〇〇一七〇―四―八五〇七八
本文印刷＝ショウジプリントサービス
装本・口絵印刷＝ミサトメディアミックス
製本＝協栄製本

落丁・乱丁本はおとりかえします。

定価　二、五〇〇円＋税

ISBN978-4-87714-413-5

四六判上製三〇九頁定価二八〇〇円＋税

桜井　郁子

わが愛のロシア演劇

スターリン政権、ペレストロイカ、連邦崩壊──激動の時代を演劇を通して人間の自由と愛と希望を表現し続けた作家・演出家・俳優たち。その苦難と創造の現場に三〇数年にわたって親しく立会った著者の、ロシア演劇に寄せる心からのメッセージ。

写真一〇四葉収録

影書房刊